樂府雅詞

宋·曾慥 編

中國書店

詳校官主事臣石鴻翥

臣紀昀覆勘

欽定四庫全書　　集部十

樂府雅詞　　詞曲類　詞選之屬

提要

臣等謹案樂府雅詞五卷宋曾慥編慥字端伯晉江人官尚書郎直寶文閣奉祠閑居自號至游居士所輯類說已别著録是編皆集宋人之詞前有朱彝尊題詞謂陳氏書録解題載曾端伯樂府雅詞一十二卷拾遺二卷

此本抄自上元焦氏止存三卷及拾遺殆非足本然彝尊曝書亭集又載此書跋云繹其自序稱三十有四家合三卷所載詞人觀之為足本無疑蓋此卷首所載當為彝尊初稿集所載乃詳定之本也慥自序謂涉諧謔則去之當時艷曲謬託歐公者悉刪除之命曰雅詞具有風旨非靡靡之音可比至於道宮薄媚西子詞排偏之後有入破虛催袞偏催

拍歌拍煞衮諸名皆他本所罕載猶見宋人舊法不獨九張機詞僅見於此是又足資詞家之考證矣乾隆四十九年三月恭校上

總纂官臣紀昀臣陸錫熊臣孫士毅

總校官臣陸費墀

欽定四庫全書

樂府雅詞卷上

宋 曾慥 撰

調笑集句

蓋聞行樂須及良辰鍾情正在吾輩飛觴舉白目斷巫山之暮雲綴玉聯珠韻勝池塘之春草集古人之妙句助今日之清歡

珠流璧合暗連文月入千江體不分此曲只應天上

有歌聲豈合世間聞

巫山

巫山高高十二峯雲想衣裳花想容欲往從之不憚遠
丹峯碧障深重重樓閣玲瓏五雲起美人娟娟隔秋水
江邊一望楚天長滿懷明月人千里
千里楚江水明月樓高愁獨倚井梧宮殿生秋意望
斷巫山十二雪肌花貌參差是朱閣五雲仙子

桃源

漁舟容易入春山別有天地非人間玉顏亭亭花下立
鬢亂釵橫特地寒留君不住君須去流水落花空相憶
相誤桃源路萬里蒼蒼烟水暮留君不住君須去秋
月春風閑度桃花零亂如紅雨人面不知何處

洛浦

艷陽灼灼河洛神態濃意遠淑且真入眼平生未曾有
緩步佯羞行玉塵凌波不過橫塘路風吹仙袂飄飄舉
來如春夢不多時天非花艷輕非霧

非霧花無語還似朝雲何處去凌波不過橫塘路鶯
鶯燕燕飛舞風吹仙袂飄飄舉擬倩遊絲惹住

明妃

明妃初出漢宮時青春繡服正相宜無端又被東風誤
故著尋常淡薄衣上馬即知無返日寒山一帶傷心碧
人生憔悴生理難好在氈城莫相憶
相憶無消息目斷遙天雲自白寒山一帶傷心碧風
土蕭疎異國長安不見浮雲隔縱使君來爭得

班女

九重春色醉仙桃春嬌滿眼睡紅綃同輦隨君侍君側
雲鬢花冠金步搖一霎秋風驚畫扇庭院蒼苔紅葉遍
蘂珠宮裏舊承恩回首何時復來見
來見蘂珠殿記得隨班迎鳳輦餘花落盡蒼苔院斜
掩金鋪一片千金買笑無方便和淚盈盈嬌眼

文君

錦城絲管日紛紛金釵半醉坐添春相如正應居客右

當軒下馬入錦裀斜倚緑牕鴛鑑女琴彈秋思明心素
心有靈犀一點通感君綢繆逐君去

君去逐鴛侶斜倚緑牕鴛鑑女琴彈秋思明心素一
寸還成千縷錦城春 闕

崔薇

素枝瓊樹一枝春丹青難寫是精神偷啼自揾殘粧粉
不忍重看舊寫真珮玉鳴鸞罷歌舞錦瑟華年誰與度
暮雨瀟瀟郎不歸含情欲説獨無處

無處難輕訴錦瑟華年誰與度黃昏更下瀟瀟雨況
是青春將暮花雖無語鶯能語來道曾逢郎否

琵琶

十三學得琵琶成翡翠簾開雲母屏暮去朝來顏色故
夜半月高弦索鳴江水江花豈終極上下花間聲轉急
此恨綿綿無絕期江州司馬青衫濕
衫濕情何極上下花間聲轉急滿船明月蘆花白秋
水長天一色芳年未老時難得目斷遠空凝碧

放隊

玉爐夜起沈香烟喚起佳人舞繡筵去似朝雲無處覓

遊童陌上拾花鈿

調笑轉踏　鄭彥能

良辰易失信四者之難并佳客相逢實一時之盛事用

陳妙曲上助清歡女伴相將調笑入隊

秦樓有女字羅敷二十未滿十五餘金鐶約腕攜籠去

攀枝摘葉城南隅使君春思如飛絮五馬徘徊芳草路

東風吹鬢不可親日晚蠶飢欲歸去

歸去攜籠女南陌柔桑三月暮使君春思如飛絮五

馬徘徊頻駐蠶飢日晚空留顧笑指秦樓歸去

石城女子名莫愁家住石城西渡頭拾翠每尋芳草路

採蓮時過緑蘋洲五陵豪客青樓上醉到金壺待清唱

風高江闊白浪飛急催艇子操雙槳

雙槳小舟蕩喚取莫愁迎疊浪五陵豪客青樓上不

道風高江廣千金難買傾城樣那聽遶梁清唱

繡戶朱簾翠幕張主人置酒宴華堂相如年少多才調
消得文君暗斷腸斷腸初認琴心挑么絃暗寫相思調
從來萬曲不關心此度傷心何草草

草草最年少繡戶銀屏人窈窕瑤琴暗寫相思調一
曲關心多少臨邛客舍成都道苦恨相逢不早

溪溪流水武陵溪洞裡春長日月遲紅英滿地無人埽
此度劉郎去後迷行行漸入清流淺香風引到神仙館
瓊漿一飲覺身輕玉砌雲房瑞烟暖

烟暖武陵晚洞裡春長花爛熳紅英滿地溪流淺漸
聽雲中雞犬劉郎迷路香風遠悮到蓬萊仙館

少年錦帶佩吳鉤鐵馬追風塞草秋憑仗匣中三尺劍
掃平朔漠取封侯紅顏少婦桃花臉笑倚銀屏施寶靨
明眸妙齒起相迎青樓獨占陽春艷

春艷桃花臉笑倚銀屏施寶靨良人少有平戎膽歸
路光生弓劍青樓春永香幃掩獨把韶華都占

翠蓋銀鞍馮子都尋芳調笑酒家徒吳姬十五夭桃色

巧笑春風當酒鑪玉壺絲絡臨朱戶結就羅裙表情素
紅裙不惜裂香羅區區私愛徒相慕
相慕酒家女巧笑明眸年十五當鑪春永尋芳去門
外落花飛絮銀鞍白馬金吾子多謝結裙情素
樓上青帘映緑楊江波千里對微茫潮平越賈催船發
酒熟吳姬喚客嘗吳姬綽約開金盞的的嬌波流美盼
秋風一曲采菱歌行雲不度人腸斷
腸斷浙江岸樓上青帘新酒軟吳姬綽約開金盞的

的嬌波流盼採菱歌罷行雲散望斷儂家心眼
花陰轉午漏頻移寶鴨飄簾繡幕垂眉山斂黛雲堆髻
醉倚春風不自持偷眼劉郎年最少雲情雨態知多少
花前月下惱人腸不獨錢塘有蘇小
蘇小最嬌妙幾度樽前曾調笑雲情雨態知多少悔
恨相逢不早劉郎襟韻正年少風月今宵偏好
金翹斜嚲淡梳粧綽約天葩自在芳幾番欲奏陽關曲
淚濕春風眼尾長落花飛絮青門道濃愁不散連芳草

驂鸞乘鶴上蓬萊應笑行雲空夢悄
夢悄翠幈曉帳裏薰爐殘蠟照賞心樂事能多少忍
聽陽關聲調明朝門外長安道悵望王孫芳草
綽約姸姿號太真肌膚冰雪怯輕塵霞衣乍舉紅搖影
按出霓裳曲最新舞斜釵嚲烏雲髮一點春心幽恨切
蓬萊雖說浪風輕翻恨明皇此時節
時節白銀闕洞裡春晴百和爇蘭心底事多悲切消
盡一團明雪明皇恩愛雲山絕誰道蓬萊安悅

江上新晴暮靄飛碧蘆紅蓼夕陽微富貴不牽漁父目
塵勞難染釣人衣白鳥孤飛烟柳杪採蓮越女清歌妙
腕呈金釧棹鳴榔驚起鴛鴦歸調笑
調笑楚江渺粉面修眉花鬭好擎荷折柳爭相調驚
起鴛鴦多少漁歌齊唱催殘照一葉歸舟輕小
千里潮平小渡邊帘歌白紵絮飛天蘇蘇不怕梅風軟
空遣春心着意憐燕釵玉股横青髮怨說琵琶恨難說
擬將幽恨訴新愁新愁未盡絲聲切

聲切恨難說千里潮平春浪闊梅風不解相思結忍送落花飛雪多才一去芳音絶更對珠簾新月

放隊

新詞究轉遞相傳振袖傾鬟風露前月落烏啼雲雨散游童陌上拾花鈿

調笑　　　　　　　　　晁無咎

蓋聞民俗殊方聲音異好洞庭九奏謂踊躍於魚龍子夜四時亦欣愉於兒女欲識風謡之變請觀調笑之傳

上佐清歡深懃薄伎

西子

西子江頭自浣紗見人不語入荷花天然玉貌非朱粉消得人看隘若耶游冶誰家少年伴三三五五垂楊岸紫騮飛入亂紅深見此踟躕但腸斷

腸斷越江岸越女江頭紗自浣天然玉貌鉛紅淺自弄芙蓉日晚紫騮嘶去猶回盼笑入荷花不見

宋玉

楚人宋玉多微詞出游白馬黃金羈殷勤扣户主人女
上客日高無乃飢琴彈秋思明心素女為客歌客無語
冠纓定掛翡翠釵心亂誰知歲將暮
將暮亂心素上客風流名重楚臨街下馬當牕户飯
煮彫胡留住瑤琴促軫傳深語萬曲梁塵不顧

大堤

妾家朱户在横塘青雲作髻月為璫常伴大堤諸女士
誰令花艷獨驚郎踏堤共唱襄陽樂軻峩大艑帆初落

宜城酒熟持勸郎郎今欲渡風波惡

波惡倚江閣大艑軻峩帆夜落橫塘朱户多行樂大

堤花容綽約宜城春酒郎同酌醉倒銀缸羅幕

解佩

當年二女出江濵容止光輝非世人明璫戲解贈行客

意比驂鸞天漢津恍如夢覺空江暮雲雨無蹤珮何處

君非玉斧望歸來流水桃花定相誤

相誤空凝竚鄭子江頭逢二女霞衣曳玉非塵土笑

解明璫輕付月從雲墮勞相慕自有驂鸞仙侶

回紋

竇家少婦美朱顔藁砧何在山復山多才況是天機巧象床玉手亂紅間織成錦字縱横説萬語千言皆怨别一絲一縷幾縈回似妾思君腸寸結寸結肝腸切織錦機邊音韻咽玉琴塵暗薰爐歇望盡床頭秋月刀裁錦斷詩可滅恨似連環難絶

唐歌兒

頭玉磽磽翠刷眉杜郎生得好男兒惟有東家嬌女識骨
重神寒天廟姿銀鸞照衫馬絲尾折花正值門前戲儂
笑書空意為誰分明唐字深心記
心記好心事玉刻容顏睂刷翠杜郎生得真男子況
是東家妖麗睂尖春恨難憑寄笑作空中唐字

春草

劉郎初見小樊時花面丫頭年未笄千金欲置名春草
悶得身行步步隨郎去蘇臺雲水國青青滿地成輕擲

聞君車馬向江南定為春草遥相憶

相憶頓輕擲春草佳名慙贈璧長洲茂苑吳王國自

有芊綿碧色根生土長銅駝陌縱欲隨君爭得

九張機

醉留客者樂府之舊名九張機者才子之新調憑戞玉

之清歌寫擲梭之春怨章章寄恨句句言情恭對華筵

敢陳口號

一擲梭心一縷絲連連織就九張機從來巧思知多少

苦恨春風久不歸

一張機織梭光景去如飛蘭房夜永愁無寐嘔嘔軋軋

織成春恨留着待郎歸

兩張機月明人静漏聲稀千絲萬縷相縈繫織成一段

迴紋錦字將去寄呈伊

三張機中心有朶耍花兒嬌紅嫩緑春明媚君須早折

一枝濃艷莫待過芳菲

四張機鴛鴦織就欲雙飛可憐未老頭先白春波碧草

曉寒深處相對浴紅衣
五張機芳心密與巧心期合歡樹上連理枝雙頭花下
兩同心處一對化生兒
六張機雕花鋪錦半離披蘭房別有留春計爐添小篆
日長一線相對繡工遲
七張機春蠶吐盡一生絲莫教容易裁羅綺無端剪破
仙鸞彩鳳分作兩般衣
八張機纖纖玉手住無時蜀江濯盡春波媚香遺囊麝

花房繡被歸去意遲遲
九張機一心長在百花枝百花共作紅堆被都將春色
藏頭裏面不怕睡多時
輕絲象床玉手出新奇千花萬草光凝碧裁縫衣著春
天歌舞飛蝶語黃鸝
春衣素絲染就已堪悲塵昏汗汙無顏色應同秋扇從
茲永棄無復奉君時
歌聲飛落畫梁塵舞罷香風捲繡茵更欲縷陳機上恨

樽前忽有斷腸人

同前

一張機採桑陌上試春衣風晴日暖慵無力桃花枝上
啼鶯言語不肯放人歸
兩張機行人立馬意遲遲深心未忍輕分付回頭一笑
花間歸去只恐被花知
三張機吳蠶已老燕雛飛東風宴罷長洲苑輕綃催趁
館娃宮女要換舞時衣

四張機咿啞聲裏暗顰眉回梭織朶垂蓮子盤花易綰
愁心難整脈脈亂如絲
五張機橫紋織就沈郎詩中心一句無人會不言愁恨
不言憔悴只恁寄相思
六張機行行都是要花兒花間更有雙蝴蝶停梭一向
閒𥦗影裡獨自看多時
七張機鴛鴦織就又遲疑只恐被人輕裁剪分飛兩處
一場離恨何計再相隨

八張機回紋知是阿誰詩織成一片淒涼意行行讀遍

厭厭無語不忍更尋思

九張機雙花雙葉又雙枝薄情自古多離別從頭到底

將心縈繫穿過一條絲

道宮薄媚西子詞　　董頴

排遍第八

怒潮卷雪巍岫布雲越襟吴帶如斯有客經游月伴風

隨值盛世覩此江山美合放懷何事却興悲不為回頭

舊谷天涯爲想前君事越王嫁禍獻西施吳即中深機

闔廬死有遺誓勾踐必誅夷吳未干戈出境倉卒越兵

投怒夫差鼎沸鯨鯢越遭勍敵可憐無計脫重圍歸路

茫然城郭丘墟飄泊稽山裏旅魂暗逐戰塵飛天日慘

無輝

排遍第九

自念平生英氣凌雲凜然萬里宣威那知此際熊虎塗

窮來伴麋鹿卑棲既甘臣妾猶不許何爲計爭若都燔

寶器盡誅吾妻子徑將死戰決雌雄天意恐憐之偶
聞太宰正擅權貪賂市恩私因將寶玩獻誠雖脫霜戈
石室囚繫憂嗟又經時恨不如巢燕自由歸殘月朦朧
寒雨蕭蕭有血都成淚備嘗險厄返邦畿冤憤刻肝脾

第十攧

種陳謀謂吳兵正熾越勇難施破吳策惟妖姬有傾城
妙麗名稱西子歲方笄筭夫差惑此須致顛危范蠡微
行珠貝為香餌苧蘿不釣釣深閨吞餌　果殊資素肌

纖弱不勝羅綺鸞鏡畔粉面淡匀梨花一朶瓊壺裏嫣然意態嬌春寸眸剪水斜鬟鬆翠人無雙宜名動君王繡履容易來登玉陛

入破第一

窣湘裠搖漢珮步步香風起斂雙蛾論時事蘭心巧會君意殊珍異寶猶自朝臣未與妾何人被此隆恩雖令効死奉嚴旨 隱約龍姿欣悅重把甘言說辭俊雅質娉婷天教汝衆美兼備聞吳重色憑汝和親應爲靖邊

陲將别金門俄揮粉泪靚粧洗

第二虚催

飛雲馭香車故國難回睇芳心漸搖迤邐吳都繁麗忠臣子胥預知道為邦祟諫言先啟願勿容其至周亡褒姒商傾妲巳吳王却嫌胥逆耳纔經眼便深恩愛東風暗綻嬌蘂綵鸞翻妒伊得取次于飛共戯金屋看承它宫盡廢

第三衮遍

華宴夕燈搖醉粉菡萏籠蟾桂揚翠袖含風舞輕妙處驚鴻態分明是瑤臺瓊榭閬苑蓬壺景盡移此地花繞仙步鶯隨管吹 寶帳煖留春百和馥郁融鴛被銀漏永楚雲濃三竿日猶褪霞衣宿酲輕腕嗅宮花雙帶繫合同心時波下比目深憐到恁

第四催拍

耳盈絲竹眼搖珠翠迷樂事宮闈内爭知漸國勢陵夷姦臣獻佞轉 奢淫天譴歲屢飢從此萬姓離心解體

越遣使陰窺虛實蚤夜營邊備兵未動子胥存雖堪

伐尚畏忠義斯人既戮又且嚴兵卷土赴黄池觀釁種

蠡方云可矣

第五衮遍

機有神征鼙一鼓萬馬襟喋地庭喋血誅留守憐屈服

斂兵還危如此當除禍本重結人心争奈竟荒迷戰骨

方埋靈旗又指　勢連敗柔荑攜泣不忍相拋棄身在

兮心先死宵奔兮兵已前圍謀窮計盡唳鶴啼猿聞處

分外悲丹穴縱近誰容再歸

第六歇拍

哀誠屢吐甬東分賜垂暮日置荒隅心知愧寶鍔紅委鸞存鳳去辜負恩憐情不似虞姬尚望論功榮還故里降令曰吳亡赦汝越與吳何異吳正怨越方疑縱公論合去妖類娥眉宛轉竟殞鮫綃香骨委塵泥渺渺姑蘇蕪荒鹿戲

第七煞衮

王公子青春更才美風流慕連理耶溪一日悠悠回首

凝思雲鬟烟鬢玉珮霞裾依約露妍姿送目驚喜俄造

玉趾　同仙騎洞府歸去簾櫳窈窕戲魚水正一點犀

通遽別恨何已媚覓千載教人屬意況當時金殿裡

蝶戀花　歐陽永叔

面旋落花風蕩漾柳重烟深雪絮飛來往雨後輕寒猶

未放春愁酒病成惆悵　枕畔屏山圍碧浪翠被華燈

夜夜空相向寂寞起來褰繡幌月明正在梨花上

又

永日環堤乘綵舫烟草蕭踈恰似晴江上水浸碧天風皺浪菱花荇蔓隨雙槳　紅粉佳人翻麗唱驚起鴛鴦兩兩飛相向且把金樽傾美醸休思往事成惆悵

又

簾幕東風寒料峭雪裡香梅先報春來早紅蠟枝頭雙燕小金刀剪彩呈纖巧　旋暖金爐薫蕙藻酒入横波困不禁煩惱繡被五更春睡好羅幃不覺紗窻曉

又

臈雪初銷梅蘂綻梅雪相和喜鵲穿花轉睡起夕陽迷
醉眼新愁長向東風亂 瘦覺玉肌羅帶緩紅杏梢頭
二月春猶淺望極不來鄉信斷音書縱有爭如見

又

海燕雙來歸畫棟簾影無風花影頻移動半醉騰騰春
睡重緑鬟堆枕香雲擁 翠被雙盤金縷鳳憶得前春
有个人人共花裏黃鶯時一弄日斜驚起相思夢

又

簾幕風輕雙語燕午後醒來柳絮飛撩亂心事一春猶未見紅英落盡青苔院 百尺朱樓閑倚遍薄雨濃雲抵死遮人面羌管不須吹別怨無腸更為新聲斷

又

南鴈依稀回側陣雪霽墻陰遍覺蘭芽嫩中夜夢餘消酒困鑪香卷穗燈生暈 急景流年都一瞬往事前懽未免縈方寸臘後花期知漸近東風已作寒梅信

又

遥夜亭皐閑信步乍過清明漸覺傷春暮數點雨聲風約住朦朧淡月雲來去　桃李依俙香暗度誰上鞦韆笑裡輕輕語一寸相思千萬緒人間没个安排處

又

庭院深深知幾許楊柳堆烟簾幙無重數玉勒雕鞍遊冶處樓高不見章臺路　雨横風狂三月暮門掩黄昏無計留春住淚眼問花花不語亂紅飛過鞦韆去

又

六曲闌干偎碧樹楊柳風輕展盡黄金縷誰抱鈿箏移玉柱穿簾海燕雙飛去　滿眼遊絲兼落絮紅杏開時一霎清明雨濃醉覺來鶯亂語驚殘好夢無尋處

又

越女採蓮秋水畔窄袖輕羅暗露雙金釧照影摘花花似面芳心只共絲爭亂　鸂鶒灘頭風浪晚霧重輕烟不見來時伴隱隱歌聲歸棹遠輕愁引着江南岸

又

水浸秋天風皺浪縹緲仙舟只似秋天上和露採蓮愁一餉看花却是啼粧樣　折得蓮莖絲未放蓮斷絲牽特地成惆悵歸棹莫隨花蕩漾江頭有个人相望

漁家傲

一派潺湲流碧漲新亭四面山相向翠竹嶺頭明月上迷俯仰月輪正在泉中漾　更待高秋天氣爽菊花香裡開新醸酒美賓嘉真勝賞紅粉唱山深分外歌聲響

又

十月小春梅蘂綻紅爐畫閣新粧遍錦帳美人貪睡暖羞起晚玉壺一夜冰澌滿樓上四垂簾不卷天寒山色偏宜遠風急鴈行吹字斷紅日短江天雪意雲撩亂

又

四紀才名天下重三朝建履為梁棟定册功成身退勇辭榮寵歸來白首笙歌擁　顧我薄才無可用君恩近許歸田壠今日一觴難得共聊對捧宮奴為我高歌送

玉樓春

殘春一夜狂風雨斷送紅飛花落樹人心花意待留春
春色無情容易去 髙樓把酒愁獨語借問春歸何處
所暮雲空濶不知音惟有緑楊芳草路

又

洛陽正值芳菲節穠艷清香相間發游絲有意苦相縈
垂柳無端争贈别 杏花紅處青山缺山畔行人山下
歇今宵誰肯遠相隨惟有寂寥孤館月

又

蝶飛芳草花飛路把酒已嗟春色暮當時枝上落殘花

今日水流何處去　樓前獨遶鳴蟬樹憶把芳條吹暖

絮紅蓮緑芰亦芳菲不奈金風兼玉露

又

春山斂黛低歌扇暫解吳鈎登祖宴畫樓鐘動已魂銷

何況馬嘶芳草岸　青門柳色隨人遠望欲斷時腸已

斷洛城春色待君來莫到落花飛似霰

又

風遲日媚烟光好綠樹依依芳意早年華容易即凋零

春色只宜長恨少　池塘隱隱驚雷曉柳眼未開梅蕚

小樽前貪愛物華新不道物新人漸老

又　竹林後亭

西亭飲散清歌闋花外遲遲宮漏發塗金燭引紫騮嘶

柳曲西頭歸路別　佳晨只恐幽期闊密贈殷勤衣上

結翠屏魂夢莫相尋禁斷六街清夜月

又

紅絛約束瓊肌穩拍碎香檀催急衮隴頭嗚咽水聲繁
葉下間關鶯語近　美人才子傳芳信明月清風傷别
恨未知何處有知音常為此情留此恨

又

檀槽碎響金絲撥露濕潯陽江上月不知商婦為誰愁
一曲行人留夜發　畫堂花月新聲别紅蘂調長彈未
徹暗將深意祝膠絃唯願絃絃無斷絶

朝中措

平山欄檻倚晴空山色有無中手種堂前垂柳别來幾度春風　文章太守揮毫萬字一飲千鍾行樂直須年少樽前看取衰翁

南歌子　草堂云僧仲殊作

鳳髻金泥帶龍紋玉掌梳走來牕下笑相扶愛道畫眉深淺入時無　弄筆偎人久描花試手初等閑妨了繡工夫笑問雙鴛鴦字怎生書

御街行

天非華艷輕非霧夜半天明去來如春夢不多時去似朝雲何處乳鷄酒燕落星沉月紞紞城頭鼓　參差漸辨西池樹朱閣斜欹戸緑苔深徑少人行苔上屐痕無數遺香餘粉剩衾閑枕好把多情賦

桃源憶故人

梅梢弄粉香猶嫩欲寄江南春信别後寸腸縈損説與伊争穩　小爐獨守寒灰燼忍泪無言畫眉上萬重新

恨竟日無人問

臨江仙 草堂

柳外輕雷池上雨雨聲滴碎荷聲小樓西角斷虹明闌干倚處待得月華生 燕子飛來窺畫棟玉鈎垂下簾旌涼波不動簟紋平水精雙枕旁有墮釵横

聖無憂

世路風波險十年一别須臾人生聚散長如此相見且懽娱 好酒能消光景春風不染髭鬚為公一醉花前

倒紅袖莫來扶

浪淘沙 草堂

把酒祝東風且共從容垂楊紫陌洛城東總是當時攜手處遊遍芳叢 聚散苦怱怱此恨無窮今年花勝去年紅可惜明年花更好知與誰同

又

花外倒金翹飲散無憀柔桑蔽日柳遮條此地年時曾一醉還是春朝 今日舉輕橈帆影飄飄長亭回首短

亭遥過盡長亭人更遠特地魂銷

又

五嶺麥秋寒茘子初丹絳紗囊裏水晶丸可惜天教生
處遠不近長安 往事憶開元妃子偏憐一從魂散馬
嵬關只有紅塵無驛使滿眼驪山

又

萬恨苦綿綿舊約前懽桃花溪畔柳陰間幾度日高春
睡重繡户深關 樓外夕陽閑獨自憑闌一重水隔一

重山水濶山高人不見有泪無言

又

今日北池遊漾漾輕舟波光斂灩柳條柔如此春來春又去白了人頭　好妓好歌喉不醉難休勸君滿滿酌金甌縱使花時常病酒也是風流

定風波

把酒花前欲問佗對花何恡醉顔酡春到幾人能爛賞何況無情風雨等閑多　艶樹香叢都幾許朝暮惜紅

愁粉柰情何好是金船浮玉浪相向十分深送一聲歌

又

把酒花前欲問伊忍嫌金盞負春時紅艷不能旬日看宜筭須知開謝只相隨　蝶去蝶來猶解戀難見回頭還是度年期莫候飲闌花已盡方信無人堪與補殘枝

又

把酒花前欲問公對花何事訴金鐘為問去年春甚處虛度鶯聲撩亂一場空　今歲春來須愛惜難得須知

花面不長紅待得酒醒君不見千片不隨流水即隨風

又

把酒花前欲問君世間何計可留春縱使青春留得住虛語無情花對有情人　任是好花須落去今古紅顔能得幾時新暗想浮生何事好唯有清歌一曲倒金樽

又

過盡韶光不可添小樓紅日下層簷春睡覺來情緒惡寂寞楊花繚亂拂珠簾　早是閑愁依舊在無奈那堪

更被宿酲兼把酒送春惆悵甚長恁年年三月病厭厭

驀山溪

新正初破三五銀蟾滿纖手染香羅剪紅蓮滿城開遍樓臺上下歌管咽春風駕香輪停寶馬只待金烏晚帝城今夜羅綺誰為伴應卜子姑神問歸期相思望斷天涯情緒對酒且開顏春宵短春寒淺莫待金盃暖

浣溪沙

燈燼垂花月似霜薄簾映月兩交光酒醺紅粉自生香

雙手舞餘拖翠袖一聲歌過釂金觴休回嬌眼斷人腸

又

堤上遊人逐畫船拍堤春水四垂天綠楊樓外出秋千白髮戴花君莫笑六么催拍盞頻傳人生何處似樽前

又

翠袖嬌鬟舞石州兩行紅粉一時羞新聲難逐管弦愁白髮主人年未老清時賢相望偏優一樽風月為公

留

又

湖上朱橋響畫輪溶溶春水浸春雲碧琉璃滑淨無塵

當路遊絲縈醉客隔花啼鳥喚行人日斜歸去奈何

春

又

紅粉佳人白玉杯木蘭船穩棹歌催緑荷風裡笑聲來

細雨輕烟籠草樹斜橋曲水遶樓臺夕陽高處畫屏

開

又

雲曳香綿彩柱高絳旗風颭出花梢一梭紅帶往來拋束素美人羞不打却嫌裙慢褪纖腰日斜深院影空搖

又

葉底青青杏子垂枝頭薄薄柳綿飛日高深院晚鶯啼堪恨風流成薄倖斷無消息道歸期托腮無語翠眉

低

又

青杏園林煮酒香佳人初著薄羅裳柳絲揺曳燕飛忙

乍雨乍晴花自落閒愁閒悶日偏長為誰消瘦損容

光

又

十載相逢酒一巵故人纔見便開眉老來遊舊更同誰

浮世歌懽真易失宦塗離合信難期樽前莫惜醉如

泥

木蘭花

西湖南北烟波濶風裡絲簧聲韻咽舞餘裙帶緑雙垂酒入香腮紅一抹　杯深不覺瑠璃滑貪看六么花十八明朝車馬各西東惆悵畫橋風與月

又

兩翁相遇逢佳節正值柳綿飛似雪便須豪飲敵青春莫對新花羞白髮　人生聚散如弦筈老去風情尤惜

别大家金盞倒垂蓮一任西樓低曉月

又

常憶洛陽風景媚烟暖風和添酒味鶯啼宴席似留人花出墻頭如有意别來已隔千山翠望斷危樓斜日墜闌心只為牡丹紅一片春愁來夢裡

又

燕鴻過後春歸去細算浮生千萬緒來如春夢幾多時去似朝雲無覓處　聞琴解珮神仙侶挽斷羅衣留不

住勸君莫作獨醒人爛醉花間應有數

又

池塘水緑春微煖記得玉真初見面從頭歌韻響錚鏦入破舞腰紅亂旋　玉鈎簾下香堦畔醉後不知紅日晚當時共我賞花人檢點如今無一半

又

別後不知君遠近觸目凄涼多少悶漸行漸遠漸無書水濶魚沉何處問　夜深風竹敲秋韻萬葉千聲皆是

恨故欹單枕夢中尋夢又不成燈又燼

採桑子

昔者王子猷之愛竹造門不問於主人陶淵明之臥輿遇酒便留于道上況西湖之勝槩擅東潁之佳名雖美景良辰固多于高會而清風明月幸屬于閑人並遊或結于良朋來興有時而獨往鳴蛙暫聽安問屬官而屬私曲水臨流自可一觴而一詠至歡然而會意亦傍若於無人乃知偶來常勝於特來前言可信所有雖非于

已有其得已多因翻舊闋之辭寫以新聲之調敢陳薄
伎聊佐清歡

一

輕舟短棹西湖好綠水逶迤芳草長堤隱隱笙歌處處
隨　無風水面琉璃滑不覺船移微動漣漪驚起沙禽
掠岸飛

二

春深雨過西湖好百卉爭妍蝶亂蜂喧晴日催花暖欲

然　蘭橈畫舸悠悠去疑是神仙返照波間水濶風高
颺管絃

三

畫船載酒西湖好急管繁絃玉盞催傳穩泛平波任醉
眠　行雲却在行舟下空水澄鮮俯仰留連疑是湖中
别有天

四

羣芳過後西湖好狼籍殘紅飛絮濛濛花柳闌干盡是

風笙歌散盡遊人去始覺春空垂下簾櫳雙燕歸來
細雨中

五

何人解賞西湖好佳景無時飛蓋相追貪向花間醉玉
卮誰知閒凭闌干處芳草斜暉水遠烟微一點滄洲
白鷺飛

六

清明上巳西湖好滿目繁華争道誰家緑柳朱輪走鈿

車遊人日暮相將去醒醉諠譁路轉堤斜直到城頭揔是花

七

荷花開後西湖好載酒来時不用旌旗前後紅幢緑蓋隨畫船撑入花深處香泛金巵烟雨微微一片笙歌醉裡歸

八

天容水色西湖好雲物俱鮮鷗鷺閒眠應慣尋常聽管

絃風清月白偏宜夜一片瓊田誰羨驂鸞人在舟中
便是仙

九

残霞夕照西湖好花塢蘋汀十頃波平野岸無人舟自
横西南月上浮雲散軒檻涼生蓮芰香清水面風來
酒面醒

十

平生為愛西湖好來擁朱輪富貴浮雲俯仰流年二十

春歸來恰似遼東鶴城郭人民觸目皆新誰識當年
舊主人

十一

畫樓鐘動君休唱往事無蹤聚散怱怱今日歡娱幾客
同去年緑鬢今年白不覺衰容明月清風把酒何人
憶謝公

歸自謡

何處笛深夜夢回情脉脉竹風簷雨寒牕隔 離人幾

歲無消息今頭白不眠特地重相憶

又

春艷艷江上晚山三四點柳絲如剪花如染　香閨寂寂門半掩愁眉斂淚珠滴破胭脂臉

長相思

蘋滿溪柳遶提相送行人溪水西回時隴月低　烟霏霏風淒淒重倚朱門聽馬嘶寒鷗相對飛

又

深畫眉淺畫眉蟬鬢鬅鬙雲滿衣陽臺行雨回　巫山
高巫山低暮雨蕭蕭郎不歸空房獨守時

又

花似伊柳似伊花柳青春人别離低頭雙淚垂　長江
東長江西兩岸鴛鴦兩處飛相逢知幾時

又

深花枝淺花枝深淺花枝相並時花枝難似伊　玉如
肌柳如眉愛着鵝黃金縷衣啼粧更為誰

訴衷情

清晨簾幕卷輕霜呵手試梅粧都緣自有離恨故畫作遠山長　思往事惜流芳易成傷擬歌先斂欲笑還顰最斷人腸

踏沙行

候館梅殘溪橋柳細草薫風暖揺征轡離愁漸遠漸無窮迢迢不斷如春水　寸寸柔腸盈盈粉泪樓高莫近危闌倚平蕪盡處是春山行人更在春山外

望江南

江南蝶斜日一雙雙身似何郎全傅粉心如韓壽愛偷香天賦與輕狂　微雨後薄翅膩烟光纔伴遊蜂來小院又隨飛絮過東墻長是為花忙

減字木蘭花

留春不住燕老鶯慵無覓處說似殘春一老應無却少人　風和月好辦得黃金須買笑愛惜芳時莫待無花空折枝

生查子

去年元夜時，花市燈如晝。月到柳梢頭，人約黃昏後。今年元夜時，月與燈依舊。不見去年人，淚滿春衫袖。

又

含羞整翠鬟，得意頻相顧。鴈柱十三絃，一一春鶯語。嬌雲容易飛，夢斷知何處。深院鎖黃昏，陣陣芭蕉雨。

瑞鷓鴣

楚王臺上一神仙，眼色相看意已傳。見了又休還似夢

坐來雖近遠如天隴禽有恨猶能說江月無情也解圓更被春風送惆悵落花飛絮兩翩翩

傷情遠

關河愁思望處滿漸素秋向晚鴈過南雲行人回淚眼雙鸞衾裯悔展夜又永枕孤人遠夢未成歸梅花聞塞管

阮郎歸

東風臨水日啣山春來長是閒落花狼籍酒闌珊笙歌

醉夢間春睡覺晚粧殘無人整翠鬟留連光景惜朱顔黄昏獨倚欄

又

南園春早踏青時風和聞馬嘶青梅如豆柳如眉日長蝴蝶飛花露重草烟低人家簾幕垂鞦韆慵困解羅衣畫梁雙燕棲

又

角聲吹斷隴梅枝孤窻月影低寒鴻無限欲驚飛城烏

休夜啼　尋斷夢掩深閨行人去路迷門前楊柳緑陰
齊何時聞馬嘶

桂枝香　王介甫

登臨送目正故國晚秋天氣初肅千里澄江似練翠峰
如簇征帆去棹残陽裏背西風酒旗斜矗綵舟雲淡星
河鷺起畫圖難足　念往昔繁華競逐歎門外樓頭悲
恨相續千古憑高對此謾嗟榮辱六朝舊事隨流水但
寒烟芳草凝緑至今商女時時猶唱後庭遺曲

菩薩蠻

數家茆屋閒臨水輕衫短帽垂楊裡今日是何朝看予度石橋 梢梢新月偃午醉醒來晚何物最關情黃鸝一兩聲

漁家傲

燈火已收正月半山南山北花撩亂聞說游亭新水漫騎欵段穿雲入塢尋幽伴 却拂僧牀褰素幔千巖萬壑春風滿一弄松聲悲急管驚夢斷西窗看月猶嫌短

又

平岍小橋千嶂抱柔藍一水縈花草茆屋數間窻窈窕塵不到時時自有春風掃　午枕覺來聞語鳥攲眠似聽朝雞早忽憶故人今總老貪夢好茫然忘了邯鄲道

雨霖鈴

孜孜矻矻向無明裏强作窠窟浮名浮利何濟堪留戀處輪迴倉卒幸有明空妙覺可彈指超出縁底事抛了金潮認一浮漚作瀛渤　本源自性天真佛秖些些妄

想中埋沒貪他眼花陽艷誰信道本來無物一旦茫然終被閻羅老子相屈便縱有千種機籌怎免伊唐突

清平樂

雲垂平野掩映竹籬茅舍閴寂幽居實蕭洒是處綠嬌紅冶　丈夫運用堂堂且莫五角六張若有一卮芳酒逍遥自在無妨

浣溪沙

百畝中庭半是苔門前百道水縈迴愛閑能有幾人來

小院回廊春寂寂山桃溪杏兩三栽為誰零落為誰
開

訴衷情 和俞秀老鶴詞

常時黄色見眉間松桂我同攀每言天上辛苦不肯餌
金丹 憐水静愛雲閒便忘還高歌一曲巖谷迤邐宛
似商山

又

莫言普化祗顛狂真解作津梁驀然打箇筋斗直跳過

羲皇 臨濟處德山行果承當將他建立認作心誠也

是尋香

南鄉子

嗟見世間人但有纖毫即是塵不住舊時無相貌沉淪

秖為從來認識神 作麼有疎親我自降魔轉法輪不

是攝心除妄想求真行化空身即法身

又

自古帝王州鬱鬱葱葱佳氣浮四百年來如一夢堪愁

晉代衣冠成古丘　繞水恣行遊上盡層城更上樓往事悠悠君莫問回頭檻外長江空自流

浪淘沙令

伊呂兩衰翁歷遍窮通一為釣叟一耕傭若使當時身不遇老了英雄　湯武偶相逢風虎雲龍興王秪在笑談中直至如今千載後誰與爭功

甘露歌

折得一枝香在手人間應未有疑是經春雪未消今日

是何朝盡日含毫難比興都無色可竝　萬里晴天何處來真是屑瓊瑰天寒日暮山谷裏的皪愁成水池上漸多枝上稀唯有故人知

永遇樂　東皋寓居　　晁無咎

松菊堂深芰荷池小長夏清暑燕引雛還鳩呼婦往人静郊原趣麥天已過薄衣輕扇試起遶園徐步聽衡宇欣欣童稚共說夜來初雨　蒼菅徑裏紫葳枝上一云蒼菅徑外凌霄枝上　數點幽花垂露一云數朶丹花　東里催鋤西鄰助餉相

戒清晨去斜川歸興脩然滿目回首帝鄉何處只愁恐輕鞍犯夜霸陵舊路

江神子　集句惜春

雙鴛池沼水融融桂堂東又春風今日看花花勝去年紅把酒問花花不語攜手處遍芳叢　留春且住莫怱怱秉金籠夜寒濃沈醉插花走馬月明中待得醒時君不見不隨水即隨風

鹽角兒　亳社觀梅

開時似雪謝時似雪花中奇絶香非在蘂香非在萼骨中香徹　占溪風留溪月堪羞損山桃如血直饒更踈踈淡淡終有一般情别

千秋歲　毋秦少游

江頭苑外常記同朝退飛騎軋鳴珂碎齊謳雲遶扇趙舞風迴帶嚴鼓斷杯盤藉草猶相對　灑涕誰能會醉卧藤陰盖人已去詞空在兎園髙宴俏虎觀英游改重感槩驚濤自卷珠沉海

憶少年 別歷下

無窮官柳 一云烟水 無情畫舸無根行客南山尚相送只高城人隔 罨畫園林溪紺碧算重來盡成陳迹劉郎鬢如此況桃花顏色

臨江仙

身外閒愁空滿眼就中歡事常稀明年應賦送君詩試從今夜數相會幾多時 淺酒欲邀誰共勸深情惟有君知東溪春近好同歸柳垂江上影梅謝雪中枝

水龍吟

水晶宮繞千家卞山倒影雙溪裏白蘋洲渚詩成春曉當年此地行遍瑤臺弄英携手月嬋娟際筭多情小杜風流未覩空腸斷枝間子 一似君恩賜與賀家湖千峯凝翠黄粱未熟紅旌已遠南柯舊事常恐重來夜闌相對也疑非是向松陵回首平蕪盡處在青山外

行香子

前歲栽桃今歲成蹊更黄鸝久住相知微行清露細履

斜暉對林中侶閑中我醉中誰 何妨到老常閑常醉
任功名生事俱非衰顏難强拙語多遲但酒同行月同
坐影同嬉

摸魚兒

買陂塘旋栽楊柳依稀淮岸江浦東皐新雨輕痕漲沙
觜鷺來鷗聚堪愛處最好是一川夜月光流注無人獨
舞任翠幄張天柔茵席地酒盡未歸去 青綾被休憶
金閨故步儒冠曾把身悞弓刀千騎成何事荒了邵平

瓜園君試覷滿青鏡星星鬢影今如許功名渾浪語便
似得班超封侯萬里歸計恐遲暮

尉遲杯

去年時正愁絶過却紅杏飛沈吟杏子青時追悔負好
花枝今年又春到傍小欄日日數花期人有信花却無
憑故教春意遲遲及至待得融怡未攀條枯藥已嘆春
歸怎得春如天不老更教花與月相隨儘歸路拍手攔
街笑人沈醉如泥

鳳凰臺上憶吹簫

千里相思況無百里何妨暮往朝還又正是梅初淡佇鶯未綿蠻陌上相逢緩轡風細細雲日斑斑新晴好得意未妨行盡春山　應攜後房小妓來為我盈盈對舞花間便擽却松醪翠滿蠟炬紅殘須信征鞍射虎清世裏曾有人閒都休說簾外夜久春寒

紫玉簫

羅綺叢中笙歌筵裏眼狂初認輕盈無花解比似一鈎

新月雲際初生筭不虛得都占與第一佳名輕歸去那知有人別後牽情 襄王自是春夢休謾說東墻事更難憑誰教慕宋要題詩曾倚寶柱低聲似瑤臺曉空暗想衆裏飛瓊餘香冷猶在小牕一到魂驚

水龍吟 惜春

問春何苦悤悤帶風伴雨如馳驟幽葩細萼小園低檻壅培未就吹盡繁紅占春長久不如垂柳筭春長不老人愁春老愁只是人間有 春恨十常八九忍輕辜芳

醪經口那知自是桃花結子不因春瘦世上功名老來
風味春歸時候最多情猶有樽前青眼相逢依舊

望海潮 揚州芍藥會

人間花老天涯春去揚州别有風光紅藥萬株佳名千
種天嬈浩態真香尊貴御衣黄未便教西洛獨占花王
困倚闌干漢宫誰敢妬新粧 年年高會維揚看家誇
絶艶人詫奇芳結蘂當屏聯萼就幄紅遮緑遶華堂花
面映交相更秉燭觀時幽意難忘罷酒風亭夢魂驚恐

在仙鄉

八聲甘州 追和東坡錢塘作

謂東坡未老賦歸來天未遣公歸向西湖兩處秋波一種飛霤澄暉又擁竹西歌吹僧老木蘭非一笑千秋事浮世危機 莫倚平山欄檻是醉翁飲處江雨霏霏送孤鴻揮手相接眼中稀念平生相從江海住飄蓬不遣此心違登臨事更何須惜吹帽淋衣

又

謂東風定是海東來海上最春先乍微陽破臘梅心已
省柳意都還雪後南山聳翠平野欲生烟記得相逢日
如上林邊　莫歎春光易老算今年春老還有明年嘆
人生難得長好是朱顏有隨軒金釵十二為醉嬌一曲
踏珠筵功名事算何如此花下樽前

滿江紅　赴玉山之謫與諸公泛舟大澤分題為別

莫話江南舡頭轉三千餘里未歎此浮生飄蕩但傷佳
會滿眼青山芳草外半篙碧水斜陽裏問此中何處芰

荷深漁人指　清時事羇遊意盡付與狂歌醉有多才
南阮自為知已不似朱公江海去未成陶令田園計便
楚鄉風物勝吾鄉何人對

又

華鬢春風長歌罷傷令感昨春正好瑤墀已歎侍臣𡨴
寞牙帳壓昏餘𩚵戟翠幃月冷虛弦索記往時龍坂誤
曽登令飄泊　賢人命從來薄流年竟赴誰託繞南枝
身似未眠飛鵲射虎山邊追舊迹騎鯨海上尋前約便

江湖與世永相忘還堪樂
惜分飛 湖川作
山水光中元無暑是我銷魂别處只有多情雨會人深
意留人住 不及梅花來已暮未見荷花又去圖畫他
年覷斷腸千古苕溪路
又
銷暑樓前雙溪市盡住水晶宮裡人共荷花麗更無一
點塵埃氣 誰遣使君忽忽至又作悤悤去計莫放檣

竿起大家都把羅巾繫

臨江仙

曾唱牡丹留客飲明年何處相逢忽驚鵲起落梧桐綠荷應恨回首背西風　莫歎今宵身是客一樽未曉猶同此身應似去來鴻江湖歸夢依約櫓聲中

又

十歲兒童同硯席華裾織翠如葱一生心事醉吟中相逢俱白首無語對西風　莫道樽前凋減衰顔得酒能

紅可憐此會意無窮夜闌人摠睡獨遶菊花叢

浣溪沙

帳飲都門春浪驚東飛身與白鷗輕淮山一點眼初明
誰使夢回蘭芷國却將春去鳳凰城檣烏風轉不勝
情

木蘭花

小樓新建堪臨遠一帶寒山都入眼人間應未覺春歸
樓上已先驚柳變 風威自與微陽戰雪意不遮殘臘

換少須文棟燕雙回來看東城花一片

行香子 梅

雪裏清香月下疎枝更無花堪比瓊姿一年一見千繞千迴向未開時愁花謝怨花飛　芳樽移就幽葩折取似玉人携手同歸揚州應記東閣逢時劉郎誤題詩句怨桃溪

洞仙歌 賞海棠

羣芳老盡是海棠時候雨過寒輕好晴晝最夭嬈一樹

全是初開雲鬟小塗粉施朱未就　全開還自好駘蕩春餘百樣宮羅鬭繁繡縱無語也心應恨我來遲恰柳絮將春歸後醉猶倚柔柯怯黃昏這一點愁須共花同瘦

又

年年青眼為江梅腸斷一句新詩思無限向碧瓊枝上白玉葩中春猶淺一點龍香清遠　誰拋傾國艷昨夜前村都恐東皇未曾見正紅杏倚雲時自覺銷香驚何

許飄零千片待冰雪叢中看奇姿解一笑春妍盡回仙
苑

又

青烟冪處碧海飛金鏡永夜閒堦臥桂影露凉時零亂
多少寒蟹神京遠唯有藍橋路近水晶簾不下雲母
屏開冷浸佳人淡脂粉待都將許多明付與金樽投曉
共流霞傾盡更攜取胡床上南樓看玉做人間素秋千
頃

洞仙歌　李元膺

廉纖細雨殢東風如困縈斷千絲為誰恨向楚宮一夢千古悲涼無處問愁到而今未盡　分明都是淚泣柳沾花常與騷人伴孤悶記當年得意處酒力方融怯輕寒玉爐香潤又豈識情懷苦難禁對點滴簷聲夜寒燈暈

又　一年春物惟梅柳間意味最深至鶯花爛熳時則春已衰遲使人無復新意予作洞仙歌使探春者歌之無後時之悔

雪雲散盡放曉晴池院楊柳于人使青眼更風流多處一點梅心相映遠約略嚬輕笑淺一年春好處不在濃芳小艷疎香最嬌軟到清明時候百紫千紅花正亂已失春風一半蚤占取韶光共追遊但莫管春寒醉紅自暖

驀山溪 送蔡之長

溪堂歡燕慣捧玻璃醆今日祖西城更忍把一盃重勸別離情味自古不堪秋催淚雨濕西風腸共危絃斷

夕陽去路五馬旌旗亂便是古都春應醉戀曲江池館須知別後疊翠汶上樓名倚闌情青嶂晚碧雲深日近長安遠

鷓鴣天

寂寞秋千兩繡旗日長花影轉階遲燕驚午夢週遮語蝶困春遊落拓飛　思往事入顰眉柳梢陰重又當時薄情風絮難拘束飛過東墻不肯歸

菩薩蠻

綵旗畫柱清明後花前姊妹爭攜手先緊繡羅裙輕衫
束領巾　項繩金釧響漸出花稍上笑裏問髙低盤雲
單玉螭

一落索

天上粉雲如掃放小樓清曉古今何處想風流最瀟灑
龍山帽　人似年華易老且芳樽頻倒西風於我更多情
露金鬣籬邊笑

浣溪沙　詠掠髮

乞與安仁掠鬢霜不須紅線小機窻翦刀踈下蜀羅長纖手撿殘針縷細金釵翻過齒痕香同心小綰寄思量

又

欲散蘭堂月未中驊騮嬌簇絳紗籠玳簪促坐客從容已醉人間千日酒賜來天上宻雲龍蓬山清興欲乘風

天仙子　　張子野

水調數聲持酒聽午醉醒來愁未醒送春春去幾時迴臨晚鏡傷流景往事後期空記省　沙上並禽池上暝雲破月來花弄影重重翠幙密遮燈風不定人初靜明日落紅應滿徑

又

醉笑相逢能幾度為報江頭春且住主人今日是行人紅袖舞清歌女憑仗東風交點取　三月柳枝柔如縷落絮倦飛還戀樹有情寧不憶西園鶯解語花無數應

訝使君何處去

南鄉子

潮上水清渾棹影輕于水底雲去意徘徊無奈淚衣巾
猶有當時粉黛痕　海近古城昏暮角寒沙鴈隊分令
夜相思應看月無人露冷衣前獨掩門

清平樂

清歌逐酒醉臉鮮霞透櫻小杏青寒食後衣換縷金輕
繡　畫堂新月朱扉嚴城夜鼓歸遲細看玉人粧面春

工不在花枝

燕春臺

麗日千門紫烟雙闕瓊林又報春迴殿閣風微當時去燕還來五侯池館屏開探芳菲走馬天街重簾人語轔轔車幰遠近輕雷　雕觴霞灧翠幕雲飛楚腰舞柳宮面妝梅金猊夜煖羅衣暗裛香煤洞府人歸放笙歌燈火樓臺下蓬萊猶有花上月清影徘徊

減字木蘭花

垂螺近額走上紅裀初趂拍只恐輕飛擬倩游絲惹住衣文鴛繡履去似流風塵不起舞徹伊州頭上花枝顫未休

好事近

燈燭上山堂香霧煖生寒夕前夜雪清梅瘦已不禁輕摘雙杯未徹寶杯空粧光艶瑤席好趂笑聲歸去有隨人月色

醉落魄

雲輕柳弱內家髻子新梳掠生香真色人輕學橫管孤吹月淡天垂幙 朱唇淺破桃花萼倚樓誰在闌干角夜寒指冷羅衣薄聲入霜林簌簌飛梅落

千秋萬歲

幾聲鶗鴂又報芳菲歇惜春更把殘紅折雨輕風色暴梅子青時節永豐柳無人盡日花飛雪 莫把么絃撥怨極絃能說天不老情難絕心似雙絲網中有千千結夜過也東窗未白孤燈滅

浣溪沙

樓倚春江百尺高烟中還未見歸橈幾時期信似江潮

花片片飛風弄蝶柳陰陰下水平橋日長才過又今

宵

又

輕屧來時不破塵石榴花映石榴裙有情應解憶青春

夜短更難留遠夢日高何計學行雲樹深鶯過靜無

人

樂府雅詞卷上

欽定四庫全書

樂府雅詞卷中

宋　曾慥　撰

周美成

蘭陵王

柳陰直烟裏絲絲弄碧隋隄上曾見幾番拂水飄綿送行色登臨望故國誰惜京華倦客長亭路年去歲來攀折柔條過千尺　閒尋舊蹤跡又酒趁哀絃燈照離席梨花榆火催寒食愁一箭風快半篙波暖迴頭迢遞便

數驛望人在天北　悽惻恨堆積漸别浦縈迴津堠岑
寂斜陽苒苒春無極空月榭攜手露橋聞笛追思前事
似夢裏淚暗滴

瑞龍吟

章臺路還見退粉梅梢試花桃樹愔愔坊陌人家定巢
燕子歸來舊處　黯凝竚曾記箇人癡小乍窺門戶清
晨淺約宮黃障風映袖盈盈笑語　前度劉郎重到訪
鄰尋里同時歌舞惟有舊家秋娘聲價如故　吟牋賦

筆猶記燕臺句知誰伴名園露飲東城閒步事與孤鴻
去探春盡是傷離意緒官柳低金縷歸騎晚纖纖池塘
飛雨斷腸院落一簾風絮

慶宫春

天接平岡山圍寒野路長乍轉孤城衰柳啼鴉驚風過
鴈動人一片秋聲倦遊休駕淡烟裏微茫見星塵埃憔
悴生怕黄昏離思牽縈　華堂舊日逢迎花艷參差香
霧飄零絃管當頭惟他絕藝夜深簧暖笙清眼波傳意

恨密約悤悤未成許多煩惱都為當時一餉心情

風流子

新綠小池塘風簾動碎影舞斜陽羨金屋去來舊時巢燕土花繚繞前度梅墻繡閣鳳幃深幾許聽得理絲簧欲說又休慮乖芳信未歌先咽愁近清商 暗想新粧了開朱戶應是待月西廂苦恨夢魂今宵不到伊行問甚時却與嘉音密耗暗將潘鬢偷換韓香天便教人霎時相見何妨

滿庭芳

風老鶯雛雨肥梅子午陰槐影清圓地卑山近衣潤費鑪烟人去烏鳶自樂小橋外新淥濺濺凭闌久黃蘆苦竹疑泛九江船　年年如社燕飄流瀚海來寄修椽且莫思身外長近樽前憔悴江南倦客不堪聽急管危絃歌筵畔先安簟枕容我醉時眠

尾犯

粉牆低梅花照眼依然舊風味露痕輕綴疑淨洗鉛華

無限清麗去年勝賞曾孫倚氷盤同宴喜更可惜雪中
高士香篝薫素被　今年對花最怱怱相逢似有恨依
依愁瘁凝望久青苔上旋看飛墜相將見脆圓薦酒人
正在空江烟浪裏但夢想一枝瀟灑黄昏斜照水

隔浦蓮

新篁揺動翠葆曲逕通深杳夏果收新脆金丸驚落飛
鳥濃靄迷岸草蛙聲閙驟雨鳴池沼　水亭小浮萍破
處簷花簾影顛倒綸巾羽扇困卧北牕清曉屏裏吳山

夢自到驚覺依然身在江表

定風波

莫倚能歌斂黛眉此歌能有幾人知他日風前花月底重理好聲須記得來時　苦恨城頭傳漏水催起無情那解惜相思莫訴金樽推玉臂從醉明朝有酒遣誰持

少年游

并刀如水吳鹽勝雪纖指劃新橙錦幄初溫獸香不斷相對坐調笙　低聲問向誰邊宿城上已三更馬滑霜

濃不如休去直自少人行

秋蘂香令

乳鴨池塘烟暖風緊柳花迎面午粧粉指印牕眼曲裏長眉翠淺聞知社日停鍼線探新鶯寶釵落枕夢春遠簾影參差滿院

意難忘

衣染鶯黃愛停歌駐客勸酒持觴低鬟蟬影動私語口脂香蓮露冷竹風涼判劇飲淋浪漏漸深移燈背壁細

與端相　知音見說無雙解移宮換徵未怕周郎顰眉
知有恨貪耍不成粧些箇事惱心腸待說與何妨又恐
伊尋消問息瘦損容光

點絳唇

遼鶴重來故鄉多少傷心地錦書不寄魚浪空千里
憑仗桃根說與淒涼意愁無際舊時衣袂猶有東風淚

風流子

楓林彫晚葉關河迥楚客慘将歸望一川暝靄鴈聲哀

怨半規涼月人影參差酒醒後淚花銷鳳蠟風幙卷金
泥砧杵韻高喚迴殘夢綺羅香減牽起餘悲　亭皐分
袂地難堪處偏是掩面牽衣何況怨懷長結重見無期
想寄恨書中銀鉤空滿斷腸聲裏玉筯偷垂多少舊愁
密意惟有天知

齊天樂

綠蕪彫盡臺城路殊鄉又逢秋晚暮雨生寒鳴蛩勸織
深閣時聞裁剪雲牕靜掩歎重拂羅裀頓疎花簟尚有

綵囊露螢清夜照書卷　荆江留滯最久故人相望處
離思何限渭水西風長安亂葉空憶詩情宛轉凭高眺
遠正漾液新篘蟹螯初薦醉倒山翁但愁斜照歛

早梅芳近

繚牆深叢竹繞宴席臨清沼微呈纖履故隱烘簾自嬉
笑粉香粧暈薄帶緊腰圍小嘆鴻驚鳳翥滿座看輕妙
酒醒時會散了迴首城南道河陰高轉露脚斜飛夜
將曉異鄉淹歲月醉眼迷登眺路迢迢恨滿千里草

水龍吟

素肌應怯餘寒艷陽占立青蕪地樊川照日靈闗遮路殘紅斂避傳粉樓臺妬花風雨長門深閉亞簾櫳半濕一枝在手偏勾引黄昏淚　別有風前月底布繁陰滿園歌吹朱鉛退盡潘郎却酒昭君乍起雪浪飜空粉裳縞夜不成春思恨玉容不見瓊英謾好與何人比

品令

夜闌人静月痕寄梅梢疎影簾外曲角欄干近傍攜手

處花霧寒幾陣　應是不禁愁與恨縱相逢難問黛眉
曾把春衫印後期無定腸斷香銷盡

月中行

蜀絲趁日染乾紅微暖面脂融博山細炷藹房櫳靜看
打牕蟲　愁多膽怯疑虛幙聲不斷暮景疎鐘團圞四
壁小屏風淚盡夢啼中

虞美人

疎籬曲徑田家小雲樹開秋曉天寒山色有無中野水

一聲鐘起送孤篷　添衣策馬尋亭堠愁抱惟宜酒舔
蒲睡鴨占波塘疑被行人驚散不成雙

又

玉觴纔掩朱絃悄彈指壺天曉回頭猶認倚牆花只向
小橋南畔便天涯　銀蟾依舊當牕滿顧影魂先斷凄
風休颭半殘燈擬倩今宵歸夢到雲屏

少年游

簷牙縹緲小紅樓涼月挂銀鈎聒席笙歌透簾燈火風

景似揚州　當時面色欺春雪曾伴美人遊今日重來
更無人問獨自倚欄愁

點絳唇

孤館迢迢暮天草露霑衣潤夜來秋盡月暈通風信
今日原頭黃葉飛成陣知人悶故來相趂共結分岐恨

又

征騎初停酒杯欲散離歌舉柳汀蓮浦看盡江南路
苦恨斜陽冉冉催人去空回顧淡煙橫度不見揚鞭處

浣溪沙

寶扇輕圓淺畫繒象牀平穩細穿藤飛蠅不到避壺氷

翠枕面涼頻憶睡玉簫手汗錯成聲日長無力看人

凭

又

薄薄紗廚望似空簟紋如水浸芙蓉起來嬌眼尚惺忪

强整羅衣擡皓腕更將紈扇掩酥胸羞郎何事面微

紅

又

翠篠參差竹徑成新荷跳雨碎珠傾曲欄斜轉小池亭

風約簾衣歸鴈急水摇花影戲魚驚柳梢殘日弄微晴

又

雨過殘紅濕未飛珠簾一桁透斜暉遊蜂釀蜜竊香歸

金屋無人風竹亂夜篝盡日水沈微一春須有憶人時

又

樓上晴天碧四垂樓前芳草接天涯勸君莫上最高梯

新笋看成堂下竹落花都入燕巢泥忍聽林表杜鵑啼

又

日射欹紅蠟帶香風乾微汗粉襟涼碧紗對捲簟紋光

自剪柳枝歸畫閣戲抛蓮的種池塘長亭無事好思量

卜算子　陳瑩中

身如一葉舟萬事潮頭起水長船高一任伊來往洪濤裏　潮落又潮生今古長如此後夜開樽獨酌時月滿人千里

一落索

體上衣裳雲作縷不論寒暑世間多少老婆禪猶苦問臺上路　堪笑龐翁無趣臨行却住古人公案不須論還了得如今否

減字木蘭花

大江北去未到滄溟終不住淮水東流日夜朝宗亦未休　香爐烟裊濃淡卷舒終不老寸碧千鍾人醉華胥月色中

又

華胥月色萬水千山同一白南北相望獨醉香山舊草堂　淮岑妙境十載醺酣猶未醒一腹便便也讀春秋也愛眠

卜算子

只解勸人歸都不留人住南北東西總是家勸我歸何處　去住總由天天意人難阻若得歸時我自歸何必閒言語

又

黄了舊皮膚最是風流處多少紛紛陌上人不聽春鵑語　觸目是家山到了須拈取雲散長空月滿天㳫箇還鄉路

又

夢裏不知眠覺後眠何在試問眠身與夢身那箇能抵對　醉後有人醒醒了無人醉要識三千與大千不在微塵外

青玉案

碧空黯淡同雲繞漸枕上風聲峭明透紗牕天欲曉珠簾纔捲美人驚報一夜青山老　使君留客金樽倒正千里瓊瑤未經掃欺壓梅花春信早十分農事滿城和

氣管取明年好

驀山溪

扁舟東去極目滄波渺千古送殘紅到于今東流未了午潮方去江月照還生千帆起玉繩低枕上鶯聲曉錦囊佳句韻壓池塘草聲過去年雲惱難回餘音繚繞倚樓看鏡此意與誰論一重水一重山目斷令人老

減字木蘭花

世間藥院只愛大黃甘草賤急急加工更靠硫黃與鹿

茸鹿茸喫了却恨世間涼藥少冷熱平均須是松根
白茯苓

滿庭芳

擾擾怱怱紅塵滿袖自然心在溪山尋思百計真箇不
如閒浮世紛華夢影囂塵路來往循環江湖手長安障
日何似把魚竿　盤旋那忍去他邦縱好終異鄉關向
七峯回首清淚斑斑西望煙波萬里扁舟去何日東還
分攜處相期痛飲莫放酒杯慳

又

槁木形骸浮雲蹤跡一年兩到京華又還乘興往看洛陽花聞道鞓紅最好春歸後終委塵沙忘言處花開花謝不似我生涯 年華留不住饑飡困寢觸處為家這一輪明月本自無瑕隨分冬裘夏葛都不會赤水黃芽誰知我春風一拐談笑有丹砂

又

淮葉繽紛江煙濃淡別樽同倒寒驒來逢春信霜露惹

征衣往事原無是處何須待回首知非春鵑語從來勸我常道不如歸　家山何處近江樓簾棟夕卷朝飛問西江蔔蕨何似鱸肥且置華胥舊夢忘言處千古同時君知我平生心事相契古來稀

醉蓬萊

問東州何處境勝人幽兩俱難得狼山相望有高堂千尺妙曲轟空綵雲飄袖樂奏壺天長日笑我飄然蓬鬢竹户只延山色　擬掉觥船徑衝花浪直造瑚筵共醺

仙液仍乞蟠桃向廬山親植未舉江帆早逢淮鴈問故人蹤跡遠老池邊陶翁琴裏此情何極

臨江仙

聞道洛陽花正好家家庭户春風道人飲處百壺空年年花下醉看謝幾番紅　此别又從何處去風萍一任西東語聲雖異笑聲同一輪深夜月何處不相逢

蝶戀花

海角芳菲留不住筆下風生飛入青雲去仙籙有名天

賜與致君事業安排取　要識世間平坦路當使人人各有安心處黑髪便逢堯舜主笑人白首歸南畝

卜算子

咄咄汝何人眼在眉毛下明月相隨萬里來何處分真假　問着總無言有口番成啞荆棘林中自在身即是知音者

念奴嬌　　徐師川

素光練静照青山隱隱修眉横緑鳷鵲樓髙天似水碧

夜寒生銀粟萬丈輝光奔雲湧霧飛過盧家屋更無塵翳皓然冷浸梧竹　因念鶴髮仙翁當時曾共賞紫崖飛瀑對影三人聊痛飲一洗閒愁千斛斗轉參移翻然歸去萬里騎黃鵠一川霜曉叫雲吹斷橫玉

浣溪沙

章水何如潁水清江山明秀發詩情七言還我是長城

小小細花開寶靨纖纖玉筍見雲英十千名酒十分傾

虞美人

梅花原自江南得還醉江南客雲中雨裏為誰香聞道數枝清笑出東牆　多情宋玉還知否梁苑無尋處臙脂為蕚玉為肌却恨惱人桃杏不同時

卜算子

心空道亦空風靜林還靜捲盡浮雲月自明中有山河影　供養及修行舊話成重省豆爆生蓮火裏時痛撥寒灰冷

又

天生百種愁掛在斜陽樹綠葉陰陰占得春草滿鶯啼處不見生塵步空憶如簧語柳外重重疊疊山遮不斷愁來路

又

清池過雨涼暗有清香度縹緲嫋婷絕代歌翠袖風中舉忽斂雙眉去總是關情處一段江山一片雲又下陽臺雨

鷓鴣天

綠水名園不是村淡粧濃笑兩生春箇中已有多愁怨雨裏因誰有淚痕　香旖旎酒氤氳多情生怕落紛紛舊來好事渾如夢年少風流付與君

又

滿眼紛紛恰似花飄飄泊泊自天涯雨中添得無窮濕風裏吹成一道斜　銀作屋玉為車姮娥青女過人家應嫌素面微微露故着輕雲薄薄遮

踏沙行

素景將闌黄花初笑登高一望秋天杳邀賓攜妓數能來醉中贏得閒多少　佳氣氤氲飛雲縹緲竹林更着清江繞高歌屢舞莫催人華筵直待華燈照

又

畫棟風生繡筵花繞層臺勝日頻高眺清輝爽氣自娛人何妨稱意開顔笑　水碧無窮山青未了斜陽浦口歸帆少雲鬟烟鬢只共愁琵琶更作相思調

又

玉露團花金風吹霧高臺與上晴空去舉杯相屬看前山煙中亂疊青無數　皓齒明眸肌香體素惱人正在秋波注因何欲雨又還晴歌聲遏得行雲住

南歌子　山樊

細蘂黃金嫩繁花白雪香共誰連壁向河陽自是不須湯餅試何郎　婀娜鬅鬆髻輕盈淡薄粧莫令韓壽在伊傍便逐遊蜂驚蝶過東牆

鷓鴣天

宜笑宜顰堂上身能歌能舞惡精神臉邊紅入桃花嫩眉上青歸柳葉新　嬌不語易生嗔尊前還是一番春深杯百罰重拚却只為妖嬈醉得人

浣溪沙

西塞山前白鷺飛桃花流水鱖魚肥一波纔動萬波隨黄帽豈如青蒻笠羊裘何似緑蓑衣斜風細雨不須歸

又

新婦機邊秋月明女兒浦口晚潮平沙頭鷺宿戲魚驚

青蒻笠前無限事綠蓑衣底慶平生斜風細雨小舟

輕

鷓鴣天

西塞山前白鷺飛桃花流水鱖魚肥朝廷若覓元真子

晴在長江理釣絲 青蒻笠綠蓑衣斜風細雨不須歸

浮雲萬里烟波客惟有滄浪孺子知

又

七澤三湘碧草連洞庭江漢水如天朝廷若覓元真子不在雲邊則酒邊　明月棹夕陽船鱸魚恰似鏡中懸絲綸釣餌都收却八字山前聽雨眠

張志和漁父詞云西塞山前白鷺飛桃花流水鱖魚肥青篛笠綠蓑衣斜風細雨不須歸顧況漁父詞云新婦磯邊月明女兒浦口潮平沙頭鷺宿魚驚東坡云元真語極麗恨其曲度不傳加數語以浣溪沙歌

之云西塞山前白鷺飛散花洲外片帆微桃花流水鱖魚肥自庇一身青蒻笠相隨到處綠蓑衣斜風細雨不須歸山谷見之擊節稱賞且云惜乎散花與桃花字重疊又漁舟少有使帆者乃取張顧二詞合為浣沙溪云新婦磯邊眉黛愁女兒浦口眼波秋驚魚錯認月沈鈎青蒻笠前無限事綠蓑衣底一時休斜風細雨轉船頭東坡跋云魯直此詞清新婉麗問其最得意處以山光水色替却玉肌花皃真得漁父家

風也然纔出新婦磯便入女兒浦此漁父無乃太瀾浪乎山谷晚年亦悔前作之未工因表弟李如篪言漁父詞以鷓鴣天歌之甚協律恨語少聲多耳因以憲宗畫像求元真子文章及元真之兄松齡勸歸之意足前後數句云西塞山前白鷺飛桃花流水鱖魚肥朝廷尚覔元真子何處于今更有詩青箬笠緑蓑衣斜風細雨不須歸人間欲避風波險一日風波十二時東坡笑曰魯直乃欲平地起風波也東湖老人

因坡谷互有異同之論故作浣溪沙鷓鴣天各二闋
云

青玉案　　賀方回

凌波不過横塘路但目送芳塵去錦瑟華年誰與度月
臺花榭鎖牕朱户惟有春知處　碧雲冉冉蘅皐暮綵
筆新題斷腸句試問閒愁都幾許一川烟草滿城風絮
梅子黄時雨

獻金盃

風軟香遲花深漏短可憐宵畫堂春半碧紗窻影捲帳蠟燈紅鴛枕畔密寫烏絲一段 採蘋溪晚拾翠沙空儘愁倚夢雲飛觀木蘭艇子幾日渡江來心目斷桃葉青山隔岸

感皇恩

蘭芷滿芳洲游絲橫路羅襪塵生步迎顧整鬟顰黛脉脉多情難語細風吹柳絮人南渡 回首舊遊山無重數花底深朱戶何處半黃梅子向晚一簾疎雨斷魂分

付與春將去

減字浣溪沙

秋水斜陽遠漾金平山隱隱隔横林幾家村落幾聲砧

記得西樓凝醉眼昔年風物似于今只無人與共登

臨

又

鼓動城頭啼暝鴉過雲時送雨些些嫩涼如水逗牕紗

弄影西廂侵户月分香東畔拂牆花此時相望抵天

涯

又

烟柳春梢蘸暈黄井闌風綽小桃香覺時簾幕又斜陽

望處定無千里眼斷來能有幾迴腸少年禁取恁淒

涼

又

夢想西池輦路邊玉鞍驕馬小轀軿春風十里鬬嬋娟

臨水登山漂泊地落花中酒寂寥天箇般情味已三

年

又

鸚䳇鷩人促下簾碧紗如霧隔香奩雪兒窺鏡晚娥纖

烏鵲橋邊河絡角鴛鴦樓外月西南門前嘶馬弄金

銜

又

鸚䳇無言理翠衿杏花零落晝陰陰畫橋流水半篙深

芳徑與誰期鬬草繡牀終日罷拈針小牋香管寫春

心

又

三扇屏山匝象牀背燈偷解素羅裳粉肌和汗自生香
易失舊歡勞蝶夢難禁新恨費鸞腸今宵風雨兩相
望

清平樂

陰晴未定薄日烘雲影臨水朱門花一徑度日鳥啼人
靜厭厭幾許春情可憐老去蘭成看取攡殘雙鬢不

隨芳草重生

又

小桃初謝雙燕還來也記得年時寒食下紫陌青門遊冶楚宮滿目春華可堪遊子思家惟有夜來歸夢不知身在天涯

浣溪沙

湖上秋深藕葉黄清霜銷瘦損垂楊洲嘴嫩沙斜照暖睡鴛鴦　紅粉蓮娃何處在西風不為管餘音今夜月

明閒水調斷人腸

菩薩蠻

子規啼夢羅牕曉開奩拂鏡嚴粧早粉碧畫丁香背垂

裙帶長　鈿箏尋舊曲愁結眉心緑猶恨夜來時酒狂

歸太遲

又

章臺遊冶金龜婿歸來猶帶醺醺醉花漏怯春宵雲屏

無限嬌　絳紗燈影背玉枕釵聲碎不待宿酲銷馬嘶

催早朝

燭影揺紅

波影翻簾淚痕凝燭青山館離魂千里念佳期襟珮如相款　惆悵更長夢短但衾枕餘芳賸暖半牕明月照人腸斷啼烏不管

下水船

芳草青門路還拂京塵東去回想當年離聲送君南浦愁幾許樽酒留連薄暮簾捲津樓烟雨凭欄語　草草

衡臯賦分首驚鴻不駐燈火虹橋難尋弄波微步漫凝
佇莫怨無情流水明日扁舟何處

惜雙雙

皎鏡平湖三十里碧玉山圍四際蓮蕩香風裏綵鴛鴦
覺雙飛起　明月多情隨柂尾偏照空牀翠被回首笙
歌地醉更衣處長相記

憶仙姿

綵舫解維官柳樓上誰家紅袖團扇弄微風如爲行人

招手回首回首雲斷武陵溪口

又

蓮葉初生南浦兩岸綠楊飛絮向晚鯉魚風斷送綵帆何處凝佇凝佇樓外一江烟雨

思越人

紫府東風放夜時步蓮穠李伴人歸五更鐘動笙歌散十里月明燈火稀　香苒苒夢依依天涯寒盡減春衣鳳凰城闕知何處寥落星河一鴈飛

又

惆悵離亭斷綵襟碧雲明月兩關心幾行書尾情何限

一尺裙腰瘦不禁　遥夜半曲房深有時呢語話于今

侵牕冷雨燈生暈淚濕羅牋楚調吟

風流子

何處最難忘方豪健放樂五雲鄉綵筆賦詩禁池芳草

杏韉調馬輦路垂楊綺筵上扇偎歌黛淺汗裛舞羅香

蘭燭伴歸繡輪同載閑花別館隔水深坊　零落少年

塲琴心漫流怨帶眼偷長無奈占牀燕月欺鬢異霜念北地音塵魚封永斷便橋烟雨鶴表相望好在後庭桃李應記劉郎

鶴沖天

鼕鼕鼓動花外沈殘漏華月萬枝燈還清晝廣陌衣香度飛蓋影相先後箇處頻回首錦坊西去期約武陵溪口當時早恨歡難偶可堪流浪遠分攜久小畹蘭英在輕付與何人手不似長亭柳舞風眠雨伴我一春銷

瘦

小重山

花院深疑無路通碧紗𢠸影下玉芙蓉當時偏恨五更鐘分攜處斜月小簾櫳　楚夢冷沈踪一雙金縷枕半牀空畫樓臨水鳳城東樓前柳憔悴幾秋風

又

飄徑梅英雪未融芳菲消息到杏梢紅隔年歡事水西東凝思久不語坐書空　回想夾城中綵山蕭鼓沸綺

羅叢鈿輪珠網玉花驄香陌上誰與鬬春風

薄倖

淡粧多態更滴滴頻流眄睞便認得琴心先許與寫合歡羅帶記畫堂斜月逢迎輕顰淺笑嬌無奈待翡翠屏開芙蓉帳掩羞把香囊偷解　自過了收燈夜都不見踏青挑菜幾回憑雙燕叮嚀深意往來却恨重簾礙知何時再正春濃酒暖人閒晝永無聊賴厭厭睡起猶有花梢日在

六州歌頭

一年俠氣交結五都雄肝膽洞毛髮聳立談中死生同一諾千金重推翹勇矜豪縱輕蓋擁聯飛鞚斗城東轟飲酒壚春色浮寒甕吸海垂虹閒呼鷹嗾犬白羽摘彫弓狡穴俄空樂匆匆　似黃粱夢辭丹鳳明月共漾孤蓬官冗從懷倥偬落塵籠簿書叢鶡弁如雲衆供麤用忽奇功笳鼓動漁陽弄思悲翁不請長纓繫取天驕種劒吼西風恨登山臨水手寄七絃桐目送歸鴻

浣溪沙

雙鳳蕭聲隔綵霞朱門深閉七香車何處探春尋舊約謝姑家　旖旎細風飄水麝玲瓏殘雪點山茶飲罷西廂簾影外玉蟾斜

又

翠縠參差拂水風暖雲如絮撲低空麗人波臉覺春融纓掛寶釵初促席檀膏微注玉梧紅芳醪何似此情濃

又

雲母牕前歌繡針低鬟凝思坐調琴玉纖纖按十三金

歸卧文園猶帶酒柳花飛度畫堂陰只憑雙燕話春

心

又

疊鼓新歌百樣嬌銅丸玉腕促雲謠揭簾飛夜雹聲焦

九曲池邊楊柳陌香輪軋軋馬蕭蕭細風糚面酒痕

銷

江城子

麝薰微度繡芙蓉翠衾重畫堂空前後偷期相見却匆匆心事兩知何處問依約是夢中逢　坐疑行聽竹牕風出簾櫳杳無踪已過黃昏纔動寺樓鐘暮雨不來春又去花滿地月朦朧

浪淘沙

一葉忽驚秋分付東流殷勤為過白蘋洲洲上小樓簾半捲應認歸舟　回首戀朋遊跡去心留歌塵蕭散夢

雲收惟有樽前曾見月相伴人愁

金人捧露盤

控滄江排青嶂燕臺涼駐綵仗樂未渠央崖花磴蔓妬千門珠翠倚新粧舞閒歌悄恨風流不管餘香　繁華夢驚俄頃佳麗地指蒼茫寄一笑何與興亡量船載酒賴使君相對兩胡牀緩調清管更為儂三弄斜陽

減字浣溪沙

蓮燭啼痕怨漏長冷蛩隨月到迴廊一屏烟景畫瀟湘

連夜斷無行雨夢隔年猶有着人香此情須信是難

忘

又

閒把琵琶舊譜尋四絃聲怨却沈吟燕飛人静畫堂深

欹枕有時成雨夢隔簾無處説春心一從燈夜到于

今

又

宫錦袍薫水麝香越沙裙染欝金黄薄羅依約見明粧

繡陌不逢攜手伴綠牕誰是畫眉郎春風十里斷人腸

又

青翰舟中祓禊筵粉蛾窺影兩神仙酒闌飛去作飛烟重訪舊遊人不見雨荷風蓼夕陽天折花臨水思茫然

又

浮動花釵影鬢煩蟬淺粧濃笑有餘妍酒醺檀點語凭肩

留不住時分鈿鏡舊曾行處失金蓮碧雲芳草恨年
年

又

兩點春山一寸波當筵嬌甚不成歌動人情態可須多
金井露寒風下葉畫樓雲斷月侵河厭厭此夜奈愁
何

又

清淺陂塘藕葉乾細風疎雨鷺鷥寒半垂簾幕倚欄干

惆悵採香人不見幾回憔悴後庭蘭行雲可是渡江難

又

樓角初銷一縷霞淡黃楊柳帶栖鴉玉人和月摘梅花笑撚粉香歸洞户更垂羅幙護牕紗東風寒似夜來些

木蘭花

珮環聲認腰肢軟風裏麝薰知近遠此生常羨玉粧臺

得見曉來梳畫面　迴廊幾步通深院一桁繡衣簾不捲酒闌歌罷欲闕

蝶戀花

小院朱扉開一扇內樣新粧鏡裏分明見眉暈半深脣注淺朵雲冠子偏宜面　被掩芙蓉熏麝煎簾影沈沈秪有雙飛燕心事向人猶靦腆強來牕下尋針線

臨江仙　送鄞令李易初　舒信道

折柳門前鸚鵡綠河梁小駐歸船不堪華髮對離筵孤

村啼鴂日深院落花天　文采弟兄真疊玉三霄去路誰先明朝便恐各風烟江山如有恨桃李自無言

點絳唇　周園分題得湖上閘樂

紫霧香濃翠華風轉花隨輦洞天雲暖一片笙歌遠水殿龍舟憶侍瑶池宴閒庭院夢回春半雪鬢無人見

散天花　次師能韻

雲斷長空葉落秋寒江烟浪靜月隨舟西風偏解送離愁聲聲南去鴈下汀洲　無奈多情去復留驪歌齊唱

罷淚爭流悠悠别恨幾時休不堪殘酒醒凭危樓

醉花陰　試茶

露芽初破雲腴細玉纖纖親試香雪透金瓶無限仙風月下人微醉　相如病渴無佳思會得琴中意笑未老盧郎花底春寒贏得空無睡

又　越州席上官妓獻梅花

月幌風簾香一陣正千山雪盡冷對酒樽傍無語含情别是江南信　壽陽粧罷人微困更玉釵斜襯擬插一

枝歸只恐風流着上潘郎鬢

虞美人 寄公度

芙蓉落盡天涵水 日暮滄波起 背飛雙燕貼雲寒 獨向小樓東畔倚欄看 浮生只合樽前老 雪滿長安道 故人早晚上高臺 贈我江南春色一枝梅

又 周園欲雪

酒邊徒覺羅衣暖 獨倚黄昏看 寒鴉兩兩下樓東 看處晴雲垂地一重重 紅爐歡坐誰能醉 多少看花意 謝

娘也擬殢春風便道無端柳絮逼簾櫳

又 蔣園醉歸

重簾小閣香雲暖黛拂梳粧淺玉簫一曲杜韋娘誰是蘇州刺史斷人腸　醉歸旋撥紅爐火卻倚屏山坐銀釭明滅月横斜還是畫樓角送小梅花

醜奴兒 次師能韻

一池秋水踈星動寒影横斜滿坐風花紅燭紛紛透絳紗　江湖散誕扁舟裏到處如家且盡流霞莫管年來

兩鬢華

一落索　蔣園和李朝奉

正是看花天氣為春一醉醉來卻不帶花歸誚不解看花意　試問此花明媚將花誰比只應花好似年年花不似人憔悴

又

葉底枝頭紅小天然窈窕後園桃李謾成蹊問占得春多少　不管雪消霜曉朱顏長好年年若許醉花間待

拚了花間老

滿庭芳 重陽前席上次元直韻

寒日穿簾，澄江憑檻，練光浮動餘霞。蓼汀蘆岸，黃葉襯孤花。天外征帆隱隱，殘雲共、流水無涯。登臨處，瓊枝滟灧，風帽醉欹斜。　豐年時節好，玉香田舍，酒滿漁家。算浮世勞生，事事輸他。便憑從今酩酊，休更問、白雪籠紗。還須仗，神仙妙手，傳向畫圖誇。

又 後一日再置酒次馮通直韻

紅葉飄零寒烟疎淡樓臺半在雲間望中風景圖畫也
應難又是重陽過了東籬下黃菊闌珊陶潛病風流載
酒秋意與人閑　霞冠欹倒處瑶臺唱罷如夢中還但
醉裏贏得滿眼青山華髮看看滿也留不住當日朱顏
平生事從頭話了獨自却凭欄

又　送推府蘇臺道宗朝奉

閶闔天門芙蓉春殿幾年目斷鴻翹短蓬秋鬢端幸倚
瓊瑶南圃花邊小院西湖雲底雙橋歸時節紅香露冷

月影上芭蕉　明朝那可望旗亭烟草柳渡寒潮但萬户千門恨客歌樵戲綵光浮哀繡鳴珂響逼雲霄應回首綺裘醉客還是獨吹簫

卜算子　分題得苔

池臺小雨乾門掩香輪少誰把青錢襯落紅滿地無人掃　何時鬬草歸幾度尋花了留得佳人蓮步痕宮樣鞋兒小

菩薩蠻

三年江上風吹淚夭桃艷杏無春意今日欲開眉那堪更別離　莫折長亭柳折盡愁依舊只有醉如狂人生空斷腸

又

柳橋花塢南城陌朱顏綠髮長安客雨後小池臺尋常載酒來　馬頭今日路却望城西去斜日下汀洲斷雲和淚流

又

畫船搥鼓催君去高樓把酒留君住去住若為情西江
潮欲平　江潮容易得只是人南北今日此樽空知君
何日同

又

畫簷細雨偏紅燭踈星冷落排寒玉賭得碧雲篇金波
更涉船　樽前當日客行色垂楊陌天濶水悠悠含情
獨倚樓

又

杜鵑啼破江南月香風撲面吹紅雪賦就縷金牋黄昏
醉上船　年華雙短鬢事往情何盡明日各天涯來春
空好花

又　次劉郎中賞花韻

朱簾乍捲層烟起露華深淺初疑洗困倚玉欄風綺羅
知幾重　向人如有意不醉何時醉便得一枝紅猶勝
兩鬢空

又　席上送寅亮通直

小池山額垂螺碧綠紅香裏眠鸂鶒波面翠雲開仙槎天上來　吹將紅日落懊惱嚴城角風月此時情知君華髮生

又　送奉化知縣秦奉議

一回别後一回老别離易得相逢少莫問故園花長安君是家　短亭秋日晚草色隨人遠欲醉又還醒江樓暮角聲

又

樽前休話人生事人生只合樽前醉金盞大如船江城風雪天　綺牕燈自語一夜芭蕉雨玉漏為誰長枕衾殘酒香

又

樓前流水西江道江頭水落芙蓉老畫鼓疊涼波凭欄顰翠娥　當年金馬客青鬢蘆花色把酒感秋蓬驪歌半醉中

又

綺櫳深閉桃園曲劉郎老向花間宿笑臉抹流霞心知是小琶　纖纖垂素玉掠鬢春雲綠彈了醉思仙小窻紅日徧

又　次張秉道韻

真珠酒滴琵琶送行雲舊識巫山夢空得醉中歸老來心事非　江梅含日暖照水花枝短密葉似商量向人春意長

又

小亭露壓風枝動鵲爐火冷金瓶凍悄悄對西牕瘦知羅帶長　欲眠思殢酒坐聽寒更久無賴是青燈開花故故明

又

流年又見風沙送釣天回首清都夢塞鴈幾時歸鏡中雙鬢非　綠袍同冷暖誰道交情短愁斛若為量還隨一線長

又　次瑩中元歸韻

白蘋洲渚垂楊岸榴花未放青蒲短斜日畫船歸背人雙鷺飛　醉眠金馬客不道風塵隔紅影上牕紗小庭空落花

又　湖心寺席上賦茶

金船滿引人微醉紅綃籠燭催歸騎香泛雪盈杯雲龍疑夢回　不辭風滿腋舊是仙家客空得夜無眠南牕衾枕寒

又　別意

江梅未放枝頭結江樓已見山頭雪待得此花開知君來不來　風帆雙畫鷁小雨隨行色空得鬱金裙酒痕和淚痕

又 次韻

香波涤暖浮鸂鶒黃金捍撥夭絃語小雨落梧桐簾櫳殘燭紅　人生閒亦好雙鬢催人老莫惜醉中歸醒來思醉時

又

綠憁酒醒春如夢小池猶見紅雲動露濕井幹桐翠陰生細風　雨過芳塘淨清晝閒中永門外立雙旌隔花聞笑聲

又

憶曾把酒賞紅翠舞腰柳弱歌聲細縱馮杏園西歸來香滿衣　寶車空犢駐事逐孤鴻去搔首立江干春蘿掛暮山

蝶戀花　置酒别公度座間探題得梅

雪後江城紅日晚暖入香梢漸覺玲瓏滿鬓鬟臨風粧

半面水簾斜捲誰庭院　折向樽前君細看便是江南

寄我人還遠手把此枝多少怨小樓横笛吹腸斷

又

深炷薰爐扃小院手撚黄花尚覺金猶淺回首畫堂雙

語燕無情漸漸看人遠　相見真如初不見短鬓潘郎

斗覺年華换最是西風吹不斷心頭往事歌中怨

減字木蘭花　用舊韻戲吳奉議

眉山斂額往事追思空手拍雁字頻飛生怕人來說着伊閒抛繡履愁殢香衾渾不起莫似揚州只作尋常薄倖休

又 賦錦帶

碎紅如繡搖曳東風垂綵綬擬倩柔條約住佳人細柳腰 蜀江春緣爭似枝頭能結束纖手攀時欲綰同心寄與誰

木蘭花 次韻贈歌妓

十二欄干褰畫箔取次穿花成小酌綵鸞舞罷鳳孤飛
回首東風空院落　杳杳桃源仙路邈晴日曉牕紅薄
薄傷春還是懶梳粧想見綠雲垂鬢脚

又

金絲絡馬青錢路笑指玉皇香案去點衣柳陌墮殘紅
拂面風橋吹細雨　曉釵壓鬢頭慵舉恨裏歌聲兼別
若西湖一頃白菱花惆悵行雲無覓處

又　蔣園口號

琉璃一片春湖面畫舫遊人簾外見水邊風嫩柳低眠花底雨乾鶯細囀鞦韆寂寂垂楊岸芳草綠隨人漸遠一番樂事又今年金盞莫辭紅袖勸

浣溪沙 次權中韻

燕外青樓已禁烟小寒猶自薄勝綿畫橋紅日下鞦韆惟有樽前芳意在應須沈醉倒花前綠總還是五更天

又 和孫光春曉飲會

金縷歌殘紅燭稀梁州舞罷小鬟垂酒醒還是獨歸時
畫棟日高來語燕綺牕風暖度游絲幾多緑葉上青
枝
又和仲閑對碁
黑白紛紛小戰爭幾人心手閒縱横誰知勝處本無情
謝傅老來思别墅杜郎閒去憶鏖兵何妨談笑下遼
城
又勸酒

雨洗秋空斜日紅青蔥瑤巒玉玲瓏好風吹起大江東且盡紅裙歌一曲莫辭白酒飲千鍾人生半在別離中

又

白鷺飛飛點碧塘雨荷風捲綠羅裳管絃競奏雜魚根游女謾能歌白紵使君不學野鴛鴦桃花空解誤劉郎

鵲橋仙 呂使君餞會

教來歌舞接成桃李盡是使君指示于今裝就滿城春
忍便擁雙旌歸去鶯心巧囀花心爭吐無計可留君
住兩堤芳草一江雲早晚是西樓望處

應天長　葉少藴

松陵秋已老正柳岸田家酒醅初熟鱸鱠蒓羹萬里水
天相續扁舟凌浩渺寄一葉暮濤天沃青篛笠西塞山
前自翩新曲　來往未應足便細雨斜風有誰拘束陶
寫中年何待更須絲竹鴟夷千古意算入手比來尤速

最好處千點雲峰半篙澄淥

水調歌頭　濠州觀魚臺作

渺渺楚天闊秋水去無窮兩涯不辨牛馬輕浪舞回風獨倚高臺一笑園圃游鯈來往還戲此波中危檻對千里落日照澄空　子非我安知我意真同鵬飛鵾化何有滄海漫沖融堪笑磻溪遺老白首直鉤溪伴歲晚忽衰翁功業竟安在徒自兆非熊

又　九月望日與客習射西園余偶病不能射客較勝相先將領岳德弓强二石五斗連三發中的

觀者盡驚因作此詞示坐客前一夕大風是日始寒

霜降碧天靜秋事促西風寒聲隱地初聽中夜入梧桐起瞰高城回望寥落關河千里一醉與君同疊鼓鬧清曉飛騎引雕弓　歲將晚客爭笑問衰翁平生豪氣安在沈領為誰雄何似當筵虎士揮手絃聲發處雙鴈落遥空老矣真堪愧回首望雲中

又　送人

江海渺千里飄蕩歎流年等閒疋馬相過乘興却翛然

十載悲歡如夢撫掌驚呼相語往事盡飛烟此會真難偶此醉且留連　酒方半誰輕使動離絃我歌未闋君去明日復山川空有高城危檻縹緲當筵清唱餘響落樽前細雨黃花後飛鴈點遥天

念奴嬌 南歸渡揚子作雜用淵明語

故人漸近念淵明歸意翛然誰論歸去來兮秋已老松菊三徑猶存稚子歡迎飄飄風袂依約舊衡門琴書蕭散更欣有酒盈樽　惆悵萍梗無根天涯行已徧空負

田園去矣何之牕户小容膝聊倚南軒倦鳥知還晚雲
遥映山氣欲黄昏此還真意故應欲辨忘言

又　中秋宴客有懷吴江長橋

洞庭波冷望氷輪初轉滄海沈沈萬頃孤光雲陣捲長
笛吹破層陰洶湧三江銀濤無際遥帶五湖深酒闌歌
罷至今鼉怒龍吟　回首江海平生漂流容易散佳約
難尋縹緲高城風露夾獨倚危檻重臨醉倒清樽嫦娥
應笑猶有向來心廣寒宫殿為余聊借瓊林

臨江仙

聞道今年春信早梅花不怕餘寒憑君先向近南看香苞開也未莫待北枝殘　腸斷隴頭他日恨江南幾驛征鞍一杯聊與盡餘歡風情何所似老去未應閒

又　雪後寄周十

夢裏江南渾不記祇君幽户難忘夜來急雪繞東塘竹牕松徑無處問歸航　甕底新醅應已熟一樽知與誰嘗會須雄筆捲蒼茫雪濤隱户瓊玉照頹牆

又　與客湖上飲

不見跳魚飜曲港湖邊特地經過蕭蕭疎雨亂風荷微雲吹散涼月墮平波　白酒一杯還徑醉歸來散髮婆娑無人能唱採菱歌小軒欹枕簷影掛星河

又　送人還姑蘇重寄程致道

碧瓦新霜侵曉夢黃花已過清秋風帆何處掛扁舟故人歸欲盡殘日更回頭　樂圃橋邊煩借問有人高卧江樓寄聲聊為訴離憂桂叢應已老何事久淹留

又　席上次韻韓文君

聞道安車來過我百花未敢飄零疾催絃管送杯行五朝瞻舊老揮麈聽風生　鳳詔遠從天上落高堂燕喜初醒莫言白髮減風情此時誰得似飲罷却精明

又

三月鶯花都過了曉來雪片猶零嵩陽居士記行行西湖初水滿遥想縠紋生　欲為海棠傳信息于今底事長醒不應高卧頻忘情當時風月在相見眼終明

又 次韻洪思誠席上

瀲灎湖光供一笑未須醉日論千將軍曾記舊臨邊野塘新水滿烟岸藕如船 却怪情多春又老迴腸易逐愁煎何如旌騎鬱相連凱歌歸玉帳錦帽碧油前

又 十一月二十四日同王幼安洪思誠過曾存之園亭

學士園林人不到傳聲欲問江梅曲欄清淺小池臺已知春意近為我着詩催 急管行觴圍舞袖故人坐上三台此歡此宴固難陪不辭同二老倒載習池迴

又

次韻答幼安思誠存之席上梅花

不與羣芳爭絕艷化工自許寒梅一枝臨晚照歌臺眼明渾未見絃管莫驚催記取劉郎歸去路他年應話天台酒闌不惜更重陪夜寒衣袂薄猶有暗香迴

又

正月二十四日晚至湖上

三日疾風吹浩蕩綠蕪未遍平沙約回殘影射明霞水光遥泛坐烟柳卧攲斜　霜鬢不堪春檢點留連又過芳華一枝重插去年花此身江海夢何處定吾家

浣溪沙　重陽前一日登極目亭

小雨初迴昨夜涼繞籬新菊已催黃碧空無際捲蒼茫千里斷鴻供遠目十年芳草掛愁腸緩歌聊與送遥觴

又

綠野歌歡喜見分㶚鶯和氣曉來勻妙歌誰敢和陽春梅蘂舊年迎臘雪月華今夜破黃昏獨醒爭笑楚人魂

水龍吟 二月十日西湖宴客作

對花常欲留春恨春故遣花飛早晚來雨過綠陰新處幾番芳草一片飄時已知消滅滿庭誰掃料多情也似愁人易感先催赴朱顏老 猶有清明未過但狂風怨怨難保酒醒夢斷年年此恨不禁相惱只恐春應暗留芳信與花爭好有姚黃一朶慇懃付與送金樽倒

賀新郎

睡起啼鶯語掩青苔房櫳向晚亂紅無數吹盡殘花無

人見惟有垂楊自舞漸暖靄初回輕暑寶扇重尋明月
影暗塵侵尚有乘鸞女驚舊恨鎮如許　江南夢斷横
江渚浪粘天葡萄漲綠半空烟雨無限樓前滄波意誰
採蘋花寄取但悵望蘭舟容與萬里雲帆何時到送孤
鴻目盡千山阻重為我唱金縷

滿庭芳 三月十七日雨後極目亭同張敏叔程致道

麥隴如雲清風吹破夜來踈雨纔晴滿川烟草殘照落
微明縹緲危欄曲檻遥天盡日脚初平青林外參差暝

靄縈帶遠山横　孤城春已過緑陰是處時有鶯聲問落絮游絲畢竟何成信步蒼苔繞遍直堪付閒客閒行微吟罷重回皓首江海渺遺情

又　二公和示復用韻寄酬

楓落吳江扁舟揺蕩暮山斜照催晴此心長在秋水共澄明底事經年易捹驚遺恨悄悄難平臨風處佳人萬里霜笛為誰横　長城誰敢犯知君五字元有詩聲笑茅舍何時歸計真成緑鬢朱顔老盡柴車在行即終行

聊相待狂歌醉舞雖老未忘情

滿江紅 重陽賞菊時余已除代

一朶黄花先催報秋歸消息滿芳枝凝露為誰裝飾便向樽前拚醉倒古今同是東籬側問何須特地賦歸來拋彭澤 回首去年時節開口笑真難得使君今郡更自成行客霜鬢不辭重插滿他年此會何人憶記多情曾伴小欄干親攀摘

又

雪後郊原烟林静梅花初拆春初半猶自探春消息一眼平蕪看不盡夜來小雨催新碧笑去年攜酒折花時君應識　蘭舟漾城南陌雲影淡天容窄繞風漪十頃暖浮晴色恰似槎頭收釣處坐中仍有江南客試與問何如兩槳下苕溪吞雲澤

點絳唇　晩出刀山謝眷初植蘭榭側近復生紫芝二本

高柳蕭蕭睡餘已覺西風勁小牕人静淅瀝生秋聽底事多情欲與流年競殘雪瞑墜巾慵整獨立芝蘭徑

又 紹興乙卯登絕頂小亭

縹緲危亭笑談獨在千峯上與誰同賞萬里横烟浪

老去情懷猶作天涯想空惆悵少年豪放莫似衰翁様

南歌子 四月二十六日集客臨芳觀

麥隴深初轉桃溪曲漸成綠槐重疊午陰清更有榴花

一朶照人明 畫棟清微暑疎簾入晚晴請君坐待縠

紋平看取紅幢綠盖引前旌

鷓鴣天 十二月二十二日同許幹譽賞梅

不怕微霜點玉肌恨無流水照氷姿與君着意從頭看
初見今年第一枝 人醉後雪晴時江南春色寄來遲
使君本是花前客莫怪慇懃為賦詩

又 元夕次幹譽韻

夾路行歌落盡梅篆烟香細裊寒灰雲移碧海三山近
月破中天九陌開 追樂事惜多才車聲遥聽走晴雷
十年夢斷鈞天奏猶記流霞醉後杯

虞美人 雨後同幹譽方卿置酒林檎花下

落花已作風前舞又送黃昏雨曉來庭院半殘紅惟有游絲千丈裊晴空　慇懃花下重攜手更盡杯中酒美人不用歛歌眉我亦多情無奈酒闌時

又　極目亭望西山

翻翻翠葉梧桐老雨後涼生早葛巾藜杖正關情莫遣繁蟬容易作秋聲　遥空不盡青天去一抹殘霞暮病餘無力厭躋攀為寄曲欄幽意到西山

又　上巳席上

一聲鶗鴂催春晚芳草連空遠年年遺恨怨殘紅可是無情容易愛隨風　茂林修竹山陰道千載誰重到半湖流水夕陽前猶有一觴一詠似當年

又　二月小雨達旦西閣獨卧寒甚不能寐時窗前梨花將謝

數聲微雨風驚曉燭影歌殘照客愁不索五更寒明日梨花開盡有誰看　追尋猶記清明近為向花邊問東風正使解欺儂不道花應有恨也怱怱

卜算子　三月八日夜鳳凰亭納涼

新月掛林梢暗水鳴枯沼時見踈星落畫簷幾點流螢
小歸意了無多故作連環繞欲寄新聲問採菱水濶
烟波渺

木蘭花 二月二十六日晚雨集客湖上

花殘却似春留戀幾日餘寒吹酒面濕烟不隔柳條青
小雨池塘初有燕 波光縱使明如練可奈落紅紛似
霰解將心事訴東風只有流鶯千種囀

減字木蘭花

前村夜半每為江梅腸欲斷淺紫深紅誰信漫天雪裏
逢　醉頭扶起宿酒欄干猶困倚便莫催殘明日東風
為掃看

滿庭芳　次舊韻答蔡州王道濟見寄

一曲離歌烟村人去馬頭微雪新晴隔年光景回首近
清明斷送殘花又老春波淨湖水初平誰重到雕欄畫
日遥想畫橋横　高城凝望久何人為我重唱餘聲悶
桃李于今幾處陰成老去從遊似夢樽前事空有經行

猶能記慇懃寄語多謝故人情

醉蓬萊 辛丑寓楚州上巳日有懷許下西湖作此詞寄曾存之王仲弓

問春風何事斷送繁紅便拚歸去牢落征塗笑行人羈旅一曲陽關斷雲殘靄做渭城朝雨欲寄離愁綠陰千囀黃鸝空語 遥想湖邊浪摇空翠絃管高風亂花飛絮曲水流觴有山翁行處翠袖朱欄故人應也弄畫船烟浦會寫相思樽前為我重翻新句

臨江仙 癸卯次葛魯卿法華山勸酒韻

山半飛泉鳴玉珮回波倒捲鱗鱗醉巾聊濯十年塵青山應卻怪此段久無人　行樂應須賢太守風光過眼逡巡不辭常作坐中賓只愁花解笑衰鬢不宜春

定風波 七月望趙倅置酒與魯卿同泛酒登駱駝橋待月

千步長虹跨碧流西山浮影轉螭頭付與詩人都總領風景更逢仙客下瀛洲　嫋嫋涼風吹汗漫平岸遥空新捲絳河收卻怪嫦娥真好事須記探支明月作中秋

又 魯卿見和復答

斜漢初看素月流坐驚金餅出雲頭華髪蕭然吹素領
光景何妨分付屬滄洲　莫待霜花飄爛熳蘋岸更憑
佳句盡拘收解與破除消萬事誰記一樽同得二年秋

八聲甘州　甲辰承詔堂知止亭初畢工劉無言相過作

寄知還倦鳥對飛雲無心兩難齊漫飄然欲去悠然且
止依舊山西十畝荒園未徧趁雨鉏犂敢忘鄰家約
有酒同攜　況是崖前新創帶小軒横絶松桂成蹊試
憑高東望雲海與天低送滄波浮空千里照斷霞明滅

捲晴蜺君休笑此生心事老更沈迷

水龍吟 八月十三日與强少逸遊道場山小方舟中流命工吹笛舟尾迎月歸

拖樓横笛孤吹暮雲散盡天如水人間底事忽驚飛墮氷壺千里玉樹風清熳披遥捲與天無際料嫦娥此夜殷勤偏照知人在千山裏　常恨孤光易轉仗多情使君料理一杯起舞曲終須寄狂歌重倚為問飄流幾逢清影有誰同記但樽中有酒長追舊事判年年醉

卜算子 木芙蓉九日且盛開作

小雨洗新粧艷艷驚衰眼不趁東風取次開待得清霜晚曲港照回流影亂微波淺作態低昂好自持水濶烟林遠

水調歌頭 癸丑中秋作

河漢下平野香霧捲西風倚空千嶂横起銀闕正當中常恨年年此夜醉倒歌呼誰和何事偶君同莫恨歲將晚容易感梧桐　覽清影君試為問天公遥知玉斧初斲重到廣寒宫付與孤光萬千里不遣微雲點綴為我

洗長空老去狂猶在應未笑衰翁

又

秋色漸將晚霜信報黃花小窻低户深映微路繞欹斜為問山翁何事坐看流年輕度拚卻鬢雙華徙倚望滄海天靜水明霞　念平昔空飄蕩徧天涯歸來三徑重掃松竹本吾家却恨悲風時起冉冉雲間新鴈邊馬怨鳴笳誰似東山老談笑靜龍沙

臨江仙　西園右春亭新城作

手種千株桃李樹參差半已成陰主人何事馬駸駸二年江海路空負種花心　試向中間安小檻此還長要追尋卻驚搖落動悲吟春歸知早晚為我變層林

又

乙卯八月九日南山絕頂作臺新成與客賞月作

絕頂參差千嶂列不知空水相浮下臨湖海見三州落霞橫晚景為客小遲留　捲盡微雲天更濶此行不負清秋莫驚河漢近人流青霄原有路一笑倚瓊樓

又

明日與客復登臺再用前韻

一醉三年那易得應須大白同浮已知絶景是吾州嫦娥仍有意更肯為人留　萬籟無聲遥夜永人間未識清秋從來我客盡風流故知憐老子尤勝在南樓

又　明日小雨已而風大作復晚晴遂見月與客再登

捲地驚風吹雨去卻看香霧輕浮遥知清影徧南州萬峯横玉立誰為此山留　邂逅一歡須共惜年年長記今秋平生江海恨飄流元龍真老懶無意卧高樓

又　去歲中秋商山臺初成與徐敦立氏昆仲連三月極飲其上月色達旦無纖雲當作臨江仙三

首今歲敦立在館中招章幾道與三朱復會詔芳亭追懷去年之集復用舊韻作

一醉年年今夜月酒船聊更同浮恨無羯鼓打梁州遺聲猶好在風景一時留　老去狂歌君勿笑已拚雙鬢成秋會須擊節泝中流一聲雲外笛驚看水明樓

右贈坐客世傳梁州西涼府初進此曲會明皇遊月宮還記霓裳之聲適相近因作羽衣曲以梁州名之

又

是夕約諸君明夜泛舟故云

草草一年真逼夢此生不恨萍浮且今從事到青州已能從辟轂那更話封留　好月尚尋當日約故人何嘗三秋瑶琴欲寫竹間流此聲誰解聽空上仲宣樓

點絳唇　丙辰八月二十七日雨中與何彥亭小飲

山上飛泉漫流山下知何處亂雲無數留得幽人住　深閉柴門聽盡空簷雨秋還暮小牕低戸惟有寒蛩語

菩薩蠻　己未五月十七日贈無住道人

經年不踏斜橋路青山試問誰為主寒葉轉迴風寒泉

落半空　此間無限興可便荒三徑明日下扁舟滄波
莫浪遊

鷓鴣天　東坡嘗有詩曰荷盡已無擎雨蓋菊殘猶有傲霜枝一年好景君須記正是橙黃橘綠時此非吳人無以知其為佳也余居有小池種荷移植十本于池側每秋晚嘗喜誦此句因少增損以鷓鴣天歌之

一曲青山映小池綠荷陰盡雨離披何人解識秋堪美莫為悲秋浪賦詩　攜濁酒繞東籬菊殘猶有傲霜枝一年好景君須記正是橙黃橘綠時

天仙子　趙德麟

宿雨洗空臺榭瑩下盡珠簾寒未定花開花落幾番晴
春欲竟愁未醒池面杏花紅透影　一紙短書言不盡
明月清風還記省玉樓香斷又添香閒展與臨好景心
似亂萍何處整

浣溪沙　劉平叔出家妓八人絕藝乞詞贈之腳絕歌絕琴絕舞絕

穩小弓鞋三寸羅歌唇清韻一櫻多燈前秀艷總橫波
指下鳴泉清杳渺掌中回旋小婆娑明朝歸路奈情

何

菩薩蠻

輕鷗欲下春塘浴雙雙飛破春烟綠兩岸野薔薇翠籠薰繡衣　凭船閒弄水中有相思意憶得去年時水邊初別離

又

長淮渺渺寒烟白憑欄人是霜臺客詩句妙春豪風雲不曾高　樽前人已老餘恨連連芳草一曲酒醒時梧桐

月欲低

又

春風試手先梅蘂頳姿冷艷明沙水不受衆芳知端須月與期　清香閒自遠先向釵頭見雪後宴瑶池人間第一枝

好事近

急雨漲谿渾小樹帶山秋色輕棹暮天歸路裊芙蓉烟白　酒醒香冷夢回時蟲聲正淒絕只覺小牕風月與

昨宵都別

小重山

樓上風和玉漏遲秋千庭院靜百花飛午牕才起暖金卮匀面了欄畔看春池　何事苦顰眉碧雲春信斷儘來時鴛鴦游戲鎮相隨雲霧斂新月掛天西

又

雲霧風高天氣清玉盤浮出海轉空明小牕簾影冷如冰愁不寐獨自傍堦行　情似浪頭輕一番消欲盡一

番生無言惆悵到參橫人欲起鷓鴣幾聲鳴

蝶戀花

欲滅羅衣寒未去不捲珠簾人在深深處紅杏枝頭花幾許啼痕止恨清明雨　盡日沈烟香一縷宿酒醒遲惱破春情緒飛燕又將歸信誤小屏風上西江路

又

捲絮風頭寒欲盡墜粉飄香日日紅成陣新酒又添殘酒困今春不減前春恨　蝶去鶯飛無處問隔水高樓

望斷雙魚信惱亂橫秋波一寸斜陽只與黄昏近

西江月

人世一場大夢我生魘了十年明䆫千古探遺編不救饑寒一點 更被維摩老子不教此處容言爐薰清炷坐安禪物物頭頭顯現

滿庭芳

玉枕生涼金釭傳曉敗葉飛破清秋雨餘翻浪渺渺阻行舟暫繫汀洲側畔風夜起荻葉添愁銀屏遠龍香漸

盡還似夢揚州　更籌何太永當年情事今日堪酬最苦恨紅樓笑我飄浮為寄相思細字教字字愁蹙眉頭淒涼久漁人唱曉隨月過橫洲

清平樂

春風依舊着意隨堤柳搓得蛾兒黃欲就天氣清明時候　去年紫陌青門今宵雨魄雲魂斷送一生憔悴只銷幾個黃昏

思遠人

素玉朝來有好懷一枝梅粉照人開晴雲欲向盃中起
春色先從臉上來　深院落小樓臺玉盤香篆看徘徊
須知月色撩人恨數夜春寒不下堦

臨江仙　阿方初出

枝上粉香吹欲盡依前庭院春風更誰同遶摘芳叢漏
殘金獸冷信斷錦屏空　看結燈花愁不睡酒闌無夢
相逢淒涼長判一生中不如雲外月永夜在房櫳

虞美人　光化道中寄家

畫船穩泛春波渺夕雨寒聲小縈烟深處數峯横驚起一灘鷗鷺照川明　雨樓今夜歸期誤恨入欄干暮可堪春事滿春懷不似珠簾新燕早歸來

浣溪沙　王晉卿筵上作

風急花飛晝掩門一簷殘雨滴黄昏便無離恨也銷魂　翠被任薰終不暖玉盃慵舉幾番温箇般情事與誰論

又

槐柳春餘綠漲天酒旗高捲夕陽邊誰家牆裏笑鞦韆
往事不堪樓上看新愁多向曲中傳此情銷得是何
年

又

一朶夢雲驚曉鴉數枝春雨帶梨花坐來殘月冷牕紗
釵鳳謾曾留得半枕山猶是枕時斜對花今日奈天
涯

又

水滿池塘花滿枝亂香深裹語黄鸝東風輕軟弄簾幃
日正長時春夢短燕交飛處柳煙低玉牕紅子鬬棊
時

又

少日懷山老住山一官休務得身閒幾年食息白雲間
似我樂來真是少見人忙處不相關養真髙静出塵
寰

鷓鴣天 前段張文潛詩但有此句正為咸平劉生作余作後段為鷓鴣天贈之

可是相逢意便深為郎巧笑不須金門前一尺春風髻

牕内三更夜雨衾　情渺渺信沈沈青鸞無路寄芳音

山城鐘鼓愁難聽不解襄王夢裏尋

又　藍良輔知閤舟中晚坐會上作

麝煖雕爐小袖籠天教我輩此時同橙經霜重香方滿

菊到秋深色自濃　船檻内月明中插花歸去莫匆匆

人生更在艱難内勝事年來不易逢

臨江仙

鳳撥鵾絃鳴永夜與疑人在潯陽輕雲薄霧隔新粧但聽兒女語倏忽變軒昂　且看金泥花鄣面揞痕初印紅桑幾多餘暖與真香移船猶自可捲幕又何妨

清平樂

烟雲千里一抹西山翠碧瓦紅樓山對起樓下飛花流水　錦堂風月依然後池蓮葉田田縹緲貫珠歌裏從容倒玉樽前

御街行　謝賜衣襖

清霜飛入蓬萊殿别進雲裘歎却回宸意多寒詔語日邊親遣氷蠶綿厚金鵰好永夜縫宮線　紅旗絳旆迎星傳喜氣歡聲逺廟堂勲舊使臺賢袖領坐中爭絢天香馥馥君恩歳歳一醉春生面

木蘭花　送耿太尉

堯天雨露承新詔珂馬風生趨急召玉符曾將虎牙軍金殿還陞龍尾道　征西鎮北功成早仗鉞登臺今未老樽前休更説燕然且聽陽關三疊了

清平樂

花時微雨未減春分數占取簾踈花密處把酒聽歌金縷 斜風輕度濃香鬧情正與春長向晚紅燈入坐嘗新青杏催觴

小重山

椽燭垂珠清漏長酒黏衫袖濕有餘香紅牙雙捧旋排行將歌處相向更匀粧 明月應東牆海棠花徑密迸流光遲留春笋緩催觴菊堂靜人已候虛廊

水龍吟 游池作三月十八日觀水嬉上梁鳳池

魏臺長樂坊西畫樓倒影烟波遠東風與染揉藍春水灣環清淺浴鷺翹莎戲吹飛絮落紅漂捲為遊人盛縱蘭舟綵舫飛輕棹凌波面　樂事年來乍見趂旌旗谷鶯嬌囀追隨況有珠簾紅袖濃香紺幰蕭寺高亭茂林斜照且留芳宴香韶華爛向樽前放手作梨花晚

蝶戀花

翠袖盤花金撚線曉炙銀簧勸飲隨深淺復幕重簾誰

得見餘曛微覺紅浮面別喚清商開綺宴玉管雙橫抹起梁州遍白紵歌前寒莫怨湘梅噚裏春心遠

又

千古銅臺今莫問流水浮雲歌舞西陵近烟柳有情看不盡東風約定年年信 天與麟符行樂分帶緩裘輕雅宴催雲鬢翠霧縈紆銷篆印箏聲恰度秋鴻陣

江神子 寄李祖武翟淳老

荷花遥水水漫溪柳低垂亂蟬嘶攬轡何妨臨水照征

衣一扇香風摇不盡人念遠意淒迷　騎鯨仙子已相知數歸期賦新詩更想翟公門外雀羅稀陶令此襟塵幾許聊欲向北牕披

虞美人　贈李士美

清商初入韶華管宫葉秋聲滿草麻初罷月嬋娟想見明朝喜色動天顔　樽盃滿勸龍頭客榮遇時方得詞源三峽瀉瞿塘便是醉中宣去也無妨

洞仙歌

深庭夜寂但涼蟾如畫鵲起高槐露華透聽曲樓玉管吹徹伊州金釧響軋軋朱扉暗扣迎人巧笑道好个今宵怎不相尋暫攜手見淡淨晚粧殘對月偏宜多情更越饒纖瘦甚早促分飛雲雨時休便恰似陽臺夢雲歸後

一落索 送王伯紹帥慶陽

塞柳未傳春信霜花侵鬢送君西去指秦關看日近長安近　玉帳同時英俊合離無定路逢新燕北飛來寄

一字燕山閒

六花隊冬詞蝶戀花并口號

長春花口號

露桃烟杏逐年新回首東風跡已陳頃刻開花公莫愛

四時俱好是長春

詞

曲徑深叢枝裊裊暈粉柔綿破萼烘清曉十二番開寒

最好此花不恨春歸早　霜女飛來紅翠少特地芳菲

絶豔驚衰草只殢東風終甚了久長欲伴姮娥老

山茶口號

無窮芳草度年華尚有餘寒幾種花好在朱朱漸白白一天飛雪映山茶

詞

巧剪明霞成片片欲笑還顰金蘂依稀見拾翠人寒粧易淺濃香別注唇膏點　竹雀喧喧烟岫遠曉色溟濛六出花飛徧此際一枝紅綠眩畫工誰畫雲屏面

蠟梅口號

雪裏園林玉作臺侵寒須認暗香回化工清氣光誰得風格高奇是蠟梅

詞

剪蠟成梅天着意黃色濃濃對萼匀裝綴百和薰肌香旖旎仙裳應灑薔薇水　雪徑相逢人半醉手折低枝擁髻雲爭翠嚲蘂撚枝無限思玉真未灑梨花淚

紅梅口號

千林蠟雪綴瑤瑰晴日南枝暖作回却為和羹尋鼎實
未春先發是紅梅

詞

青玉枝頭紅類吐粉頰愁寒濃與臙脂傳辨杏猜桃君
莫誤天姿不到風流處　雲破月來花上住要共佳人
弄影參差舞只有暗香來繡户韶華一曲驚吹去

迎春口號

年華節物欲爭新翠袖朱顏一笑蘋勾引東風到池館

春花先自有迎春

詞

雪霽花梢春欲到殘蠟迎春一夜花開早青帝回輿雲縹緲鮮鮮金雀來飛繞　繡閣紗櫥人嫋嫋翠縷紅絲鬬剪番兒小戴在花枝爭笑道願人常共春難老

小桃口號

鴛瓦鋪霜朔吹高畫堂歌管醉香醪小春特地風光好嫩粉嬌紅看小桃

詞

穠艷夭桃春信漏弄粉飄香楓葉飛丹後酒入氷肌紅欲透無言不許羣芳鬬　欄外佳人呵玉手剪落金刀揷處濃雲覆肯與劉郎仙去否武陵回首相思瘦

水龍吟　　晁次膺

夜來深雪前村路應是早梅先綻故人贈我江頭春信南枝向暖疎影横斜暗香浮動月明清淺向庭邊驛畔行人立馬頻回首空腸斷　別有玉溪仙館壽陽人初

匀粧面天教占了百花頭上和羹未晚最是關情處高樓上一聲羌管仗誰人向道爭如留取倚朱欄看

又

嶺梅香雪飄零盡紅杏枝頭猶未小桃一種天饒偏占春工用意微噴丹砂半含朝霧粉牆低倚正春寒露井高樓簾外爭凝睇東風裏　好是佳人半醉近橫波一枝嬌媚元都觀裏武陵溪上空隨流水惆悵如紅雨風不定五更天氣念當年門裏如今陌上灑離人淚

又

小桃零落春將半雙燕却來池館名園相倚初開繁杏一枝遥見竹外斜穿柳間深映粉愁香怨任紅欹宋玉牆頭十里曾牽惹人腸斷　嘗記山城斜路噴清香日遲風暖春陰到後馬前惆悵滿枝紅淺深院簾垂雨愁人處碎紅千片到明年更發多應更好約鄰翁看

滿庭芳

天與疏慵人憐憔悴分甘拋弃簪纓有時乘興波上葉

舟輕十里橫塘過雨荷香細蘋末風清真如畫殘霞淡日偏向柳梢明　凝情塵網外艫魚旋鱠芳酒深傾又算來何須身外浮名無限滄浪好景簑笠下且遣餘生長歌去機心盡矣鷗鷺莫相驚

又

綠繞羣峯紅搖千柄夜來暑雨初收若君乘興輕舸信悠悠且盡一樽別酒荷香裏滿酌輕謳明朝去征帆夜落何處好汀洲　風流吾小阮朝辭東觀夕向南洲況

聖時爭教賈傅淹留若遇潯陽亭上琵琶淚莫灑清秋

堤邊柳從今愛惜留待繫歸舟

又

雪滿貂裘風搖金轡笑看錦帶吳鈎照人青鬢年少定

封侯此去馬蹄何處山萬疊濟水南州君知否盧郎未

老曾是恣狂遊　風流佳麗地十年屈指一夢回頭最

難忘西湖北渚澄秋玉砌雕欄好在桃共李曾憶人不

衰翁也多情為我將恨寄紅樓

又

北渚澄瀾南山凝翠望中渾似仙鄉萬家烟靄朱户鑠垂楊好似飛泉漱玉回環遍小曲深坊西風裏芙蕖帶雨飄散滿城香　微涼湖上好橋虹倒影月練飛光命玳簪促席雲鬟分行誰似風流太守端解道春草池塘須留戀神京縱好此地也難忘

綠頭鴨

錦堂深獸爐一噴沈烟紫檀槽金泥花面美人斜抱當

簁掛羅綬素肌瑩玉近鸞迴雲鬢梳蟬玉筍輕櫳魚紋
細抹鳳凰飛出四條絃碎牙板煩襟消盡秋氣滿庭軒
今宵月依稀向人欲鬬嬋娟　變新聲能翻往事眼前
風景依然路漫漫漢妃出塞夜悄悄商婦移船馬上愁
思江邊怨感分明都向曲中傳困無力勸人金盞須要
倒垂蓮拚沈醉身世恍然一夢遊仙

又

晚雲收淡天一片琉璃爛銀盤來從海底皓色千里澄

輝瑩無塵素娥淡佇靜可數丹桂參差玉露初零金風
未凜一年無似此佳時向坐久疎星時度烏鵲正南飛
瑶臺冷欄干凭暖欲下遲遲　念佳人音塵隔後對此
應解相思最關情漏聲正永暗斷腸花影潛移料得來
宵清光未減陰晴天氣又爭知共凝戀于今別後還是
隔年期人縱健清樽素月長顧相隨

清平樂

深沈玉宇枕簟清無暑睡起花陰初轉午一霎飛雲過

雨 雨餘隱隱殘靁夕陽却照庭槐莫把珠簾垂下妨他雙燕歸來

醉桃源

又是青春將暮望極桃源歸路洞戶悄無人空鏁一庭紅雨凝佇凝佇人面不知何處

行香子

別恨綿綿屈指三年再相逢情分依然君初霜鬢我已華顛況其間有多少恨不堪言 小庭幽檻菊蘂斕斑

近來宵月已嬋娟莫思身外且鬬樽前願花長好身長健月長圓

驀山溪

風流心膽直把春償酒選得一枝花綺羅中算來未有名園翠苑風月最佳時夜迢迢車款款是處曾攜手重來一夢池館皆依舊幽恨寫新詩託何人章臺問柳漁舟歸後雲鎖武陵溪水潺潺花片片艤棹空回首

又

輕衫短帽重入長安道屈指十年中一回來一回漸老
朋遊在否落拓更能無朱絃悄知音少撥斷相思調
花邊柳外瀟洒愁重到深院鎖春風悄無人桃花自笑
金釵一股擬欲問音塵天杳杳波渺渺何處尋蓬島

菩薩蠻

午陰未轉晴牕暖無風着地楊花滿睡起日猶長捲簾
紅杏香　春心無處定又作花時病芳草伴離愁綿綿
早晚休

又

百花未報芳菲信一枝探得春風近只有雪爭光更無花似香 孤標天賦與冷艷誰能顧庭院好深藏莫教開路傍

又 迴文

捲簾風入雙雙燕燕雙雙入風簾捲明月曉啼鶯鶯啼曉月明 斷腸空望遠遠望空腸斷樓上幾多愁愁多幾上樓

又

遠山眉映横波臉臉波横映眉山遠雲鬢插花新新花插鬢雲　斷魂離思遠遠思離魂斷門掩未黄昏昏黄未掩門

少年遊

建溪靈草已先嘗歡意尚難忘未放笙歌暫留簪珮猶有紫芝湯　醉中纖手殷勤捧欲去斷人腸絳蠟迎歸繡鞾扶下笑語盡聞香

漢宮春　　晁叔用

黯黯離懷向東門繫馬南浦移舟薰風亂飛燕子時下輕鷗無情渭水問誰教日日東流常是送行人去後烟波一向離愁　回首舊遊如夢記踏青殢飲拾翠狂遊無端綵雲易散覆水難收風流未老拚千金重入揚州應又似當年載酒依前名占青樓

玉蝴蝶

目斷江南千里灞橋一望烟水微茫盡鎖重門人去暗

度流光雨輕輕梨花院落風淡淡楊柳池塘恨偏長珮沈湘浦雲散高唐　清狂重來一夢手搓梅子煮酒初嘗寂寞經春小橋依舊燕飛忙玉鈎欄凭多漸暖金縷枕別久猶香最難忘看花南陌待月西廂

感皇恩

小閣倚晴空數聲鐘定斗柄寒垂暮天淨向來殘酒盡被晚風吹醒眼前還認得當時景　舊恨與新愁不堪重省自歎多情更多病綺牕猶在敲徧欄干誰應斷腸

明月下梅搖影

又

蝴蝶滿西園啼鶯無數水閣橋南路凝佇兩行烟柳吹落一池飛絮鞦韆斜掛起人何處 把酒勸君閒愁莫訴留取笙歌住休去幾多春色禁得許多風雨海棠花謝也君知否

又

寒食不多時牡丹初賣小院重簾燕飛礙昨宵風雨只

有一分春在今朝猶自得陰晴快　熟睡起來宿酲微帶不惜羅襟揾眉黛日高梳洗看着花陰移改笑摘雙杏子連枝戴

臨江仙

雙舸亭亭横晚渚城中飛觀嵯峩畫橋燈火照清波玉鈎平浸水金鎖半沈河　試問無情堤上柳也應厭聽離歌人生無奈別離何夜長嫌夢短淚少怕愁多

又

憶昔西池池上飲年年多少歡娛别來不寄一行書尋常相見了猶道不如初　安穩錦屏今夜夢月明好渡江湖相思休問定如何情知春去後管得落花無

又

謾道追歡惟九日年年此恨偏濃今朝吹帽與誰同黄花都未折和淚泣西風　應恐登臨腸更斷故交烟雨迷空為君一曲送飛鴻誰能推轂我深入醉鄉中

漁家傲

浦口潮來沙尾漲危橋半落帆游漾水調不知何處唱
風淡蕩鱖魚吹起桃花浪　雪盡小橋梅總放層樓一
任愁人上萬里長安回首望山四向澄江日色如春釀

傳言玉女

一夜東風吹散柳梢殘雪御樓烟暖正鼇山對結簫鼓
向晚鳳輦初歸宮闕千門燈火九街風月　繡閣人人
乍嬉遊困又歇笑匀粧面把珠簾半揭嬌波向人手撚
玉梅低說相逢當是上元時節

如夢令

簾外新來雙燕珠閣瓊樓穿遍香徑得泥歸飛戲池塘

波面誰見誰見春晚昭陽宮殿

又

牆外轆轤金井驚夢瞢騰初省深院閑斜陽燕入陰陰

簾影人靜人靜花落鳥啼風定

又

門在垂楊陰裏樓枕曲江春水一陣牡丹風香壓滿園

花氣沈醉沈醉不記綠總先睡

樂府雅詞卷中

樂府雅詞卷下

宋 曾慥 撰

點絳唇

陳去非

寒食今年紫陽山下蠻江左　竹籬煙鎖何處求新火

不解鄉音只怕人嫌我愁無那短歌誰和風動梨花

朶

法駕導引

世傳頃年都下市肆中有道人攜烏衣

椎髻女子買斗酒獨飲女子歌詞以侑

凡九闋皆非人世語或記之以問一道士道士驚曰此赤城韓夫人所製水府蔡真君法駕導引也烏衣女子疑龍云得其三而亡其六擬作三闋

朝元路朝元路同駕玉華君千乘載花紅一色人間遙指是祥雲回望海光新

東風起東風起海上百花搖十八風鬟雲作動飛花和雨著輕綃歸路碧迢迢

簾漠漠簾漠漠天澹一簾秋自洗玉舟斟白醴月華微映是空舟歌罷海西流

虞美人 亭下桃花盛開作長短句詠之

十年花底承朝露看到江南樹洛陽城裏又東風未必桃花得似舊時紅　燕脂睡起春纔好應恨人空老心情雖在只吟詩白髮劉郎辜負可憐枝

雙荷葉 五日移舟明山下作

魚龍舞湘君欲下瀟湘浦瀟湘浦興亡離合亂波平楚獨無樽酒酬端午移舟來聽明山雨明山雨白頭孤客洞庭懷古

臨江仙

高詠楚辭酬午日天涯節序怱怱榴花不似舞裙紅無人知此意歌罷滿簾風　萬事一身傷老矣戎葵凝笑牆東酒盃深淺去年同試澆橋下水今夕到湘中

虞美人 大老祖席醉中賦長短句

張帆欲去仍搔首更醉君家酒吟詩日日待春風及至桃花開後卻怱怱　歌聲頻為行人咽記著樽前雪明朝酒醒大江流滿載一船離恨向衡州

又 邢子友會上

超然堂上閒賓主不受人間暑冰盤圍坐此間無卻有一餅和露玉芙蕖 亭亭風骨涼生牖消盡罇中酒酒闌踏一作明月轉城西照見紗巾藜杖帶香歸

又 予甲寅歲自春官出守湖州秋杪道中荷花無復存者乙卯歲自瑣門以病得請奉祠卜居青墩鎮立秋後三日行舟之前後如明霞相映望之不斷也以長短句記之

扁舟三日秋塘路平度荷花去病夫因病得來遊更值滿川微雨洗新秋 去年長恨拏舟晚空見殘荷滿今

年何以報君恩一路繁花相送到青墩

漁家傲 福建道中

今日山頭雲欲舉青蛟素鳳移時舞行到石橋聞細雨聽還住風吹却過溪西去　我欲尋詩寛久旅桃花落盡春無所渺渺籃輿穿翠楚悠然處高林忽送黃鸝語

浣溪沙 離杭日梁仲謀惠酒極清而美七月十二日晚卧小閣已而月上獨酌數杯

送了棲鴉復暮鐘闌干生影曲屏東卧看孤鶴駕天風　起寫一樽明月下秋空如水酒如虹謫仙已去與誰

同

木蘭花 青壖僧舍作

山人本合居巖嶺聊問支郎分半境殘年藜杖與綸巾八尺庭中時弄影 呼兒汲水添茶鼎甘勝吳山山下井一甌清露一鑪雲偏覺平生今日永

清平樂

黄衫相倚翠葆層層底八月江南風日美弄影山腰水尾

楚人未識孤妍離騷遺恨千年無住菴中新事一枝

喚起幽禪楚人一作三閭

定風波 重陽

九日登臨有故常隨晴隨雨一傳觴多病題詩無好句孤負黃花今日十分黃 記得眉山文翰老曾道四時佳節是重陽江海滿前懷古意誰會闌干三撫獨淒涼

菩薩蠻 荷花

南軒對面芙蓉浦宜風宜月還宜雨紅少綠多時簾前光景奇 繩牀烏木几盡日繁香裏睡起一篇新與花

為主人

南歌子 塔院僧閣

矯矯千年鶴茫茫萬里風闌干三面看秋空背挿浮圖千尺冷煙中 林塢村村暗谿流處處通此間何似玉霄峰遥望蓬萊依約晚雲東

臨江仙 夜登小閣憶洛中舊遊

憶昔午橋橋上飲坐中多是豪英長溝流月去無聲杏花疎影裏吹笛到天明 二十餘年如一夢此身雖在

堪驚閒登小閣看新晴古今多少事漁唱起三更

又　席上贈張建康　　蘇養直

本是白蘋洲畔客虎符卧鎮江城歸來猶得趁鷗盟柳絲搖曉市杜若遍芳汀　莫惜飛觴仍墮幘柳邊依約鶯聲水秋鱸熟正闗情只愁宣室召未許釣船輕

又

獵獵風蒲初暑過蕭然庭户秋清野航渡口帶煙横晚山千萬疊别鶴兩三聲　秋水芙蓉聊蕩槳一樽同破

愁城蓼花灘上白鷗明暮雲連極浦急雨暗長汀

如夢令 雪中作

叠嶂曉埋煙雨忽作飛花無數整整復斜斜來伴南枝清苦日暮日暮何許雲林煙樹

虞美人 次俞仲登韻

軍書未息梅仍破穿市溪流過病來無處不關情一夜鳴榔急雨雜灘聲 飄零無復還山夢雲屋春寒重山連積水水連空溪上青蒲短短柳重重

浣溪沙 書虞元翁畫

水榭風微玉枕涼牙牀角簟藕花香野塘煙雨罩鴛鴦紅蓼渡頭青嶂遠綠蘋波上白鷗雙淋浪淡墨水雲鄉

謁金門 懷故居作

何處所門外冷雲堆浦竹裏江梅寒未吐茅屋疎疎雨誰遣愁來如許小立野塘官渡手種淩霄今在否柳浪迷煙渚

又 大葉莊懷張元孺作

楊柳渡醉着青鞋歸去點點鷗沙何處所十里菰蒲雨

抖擻向來塵土卧看碧山雲渡寄語故時猿鶴侶未

見心先許

鷓鴣天

楓落河梁野水秋澹煙衰草接郊邱醉眠小塢黄茅屋

夢倚高城赤葉樓　天杳杳路悠悠鈿箏歌扇等閒休

灞橋楊柳年年恨鴛浦芙蕖葉葉愁

又　過湖陰席上贈妓

梅妬晨粧雪妬輕遠山依約學眉青樽前無復歌金縷夢覺空餘月滿林　魚與鴈兩浮沉淺顰微笑揔關心相思恰似江南柳一夜春風一夜深

又

秋入蒹葭小鴈行參差飛墮水雲鄉直須銀甲供春筍且滴糟牀覆羽觴　風壓幕月侵廊江南江北夜茫茫懸知上馬啼鶗夢一夜驚飛寶鴨香

訴衷情 漁父家風醉中贈韋道士

杖頭挑得布囊行活計有誰爭不肯侯家五鼎碧澗下杯羹 谿上月嶺頭雲不勞耕甕中春色枕上華胥便是長生

又

倦投林樾當誅茅鴻鴈響寒郊溪上晚來楊柳月露洗煙梢 霜後渚水分槽尚平橋客牀歸夢何必江南門接雲濤

阮郎歸

西園風暖落花時綠陰鶯亂啼倚闌無語惜芳菲絮飛蝴蝶飛　緣底事減腰圍遣愁愁著眉波連春渚暮天垂燕歸人未歸

點絳唇

氷勒輕飛綠痕初漲回塘水柳洲煙際白鷺翹沙觜　篛笠青蓑未減貂蟬貴雲濤裏醉眠篷底不屬人間世

菩薩蠻　宜興作

北風振野雲平屋寒溪澌澌流氷谷落日送歸鴻夕嵐千萬重　荒陂垂斗柄直北鄉山近何必苦言歸石亭春滿枝

又　自宜興還西岡作

園林寂寂春歸去濛濛柳下飛香絮野水接雲橫綠煙啼曉鶯　江南鵜鴂夢山色朝來重小艇小灣頭蘋花蘋葉舟

又　再在西岡兼懷後湖作

短船誰泊蒹葭渚夜深遠火明漁浦却憶槿花籬春聲

穿竹溪　雲山如昨好人自垂垂老心事有誰知月明

霜滿枝

又　同彦達舟中作

眼中疊疊煙中樹晚雲點點翻荷雨鷗泛渚邊煙緑蒲

秋涉川　未成江海去聊作林塘主客恨渺無津風斜

白氎巾

又

年時憶着花前醉而今花落人憔悴麥浪卷晴川杜鵑

聲可憐　有書無鴈寄初夏槐風細家在落霞邊愁逢

江月圓

又　澧陽莊

照溪梅雪和煙墮寒林漠漠愁煙鎖客恨渺無涯鴈來

人憶家　遠山疑帶雨一線雲間語霜月又嬋娟江南

若箇邊

又

春波灧灧浮春渚緑雲一逕風兼雨又作去年時緑深垂蕚籬　故山歸興動江北江南夢白髮故相欺星星如有期

木蘭花

江雲叠叠遮鴛浦江水無情流薄暮歸帆初張葦邊風客夢不禁蓬背雨　諸花不解留人住只作深愁無盡處白沙煙樹有無中鴈落滄洲何處所

清平樂　詠巖桂

斷崖流水香度青林底元配騷人蘭與芷不數春風桃李　淮南叢桂小山詩翁日日追攀身到十洲三島心游萬壑千巖

減字木蘭花　李蕭遠

梨花院宇澹月傾雲初過雨一枕輕寒夢入西瑶小道山　花深人靜簾鎖御香清晝永紅藥闌干玉案春風窈窕間

點絳唇

樓下清歌水流歌斷春風暮夢雲煙樹依約江南路碧水黃沙夢到尋梅處花無數問花無語明月隨人去

青玉案

綠鎖窻紗明月透政清夢覺鶯啼柳碧水銀缾鳴玉甃翔鸞粧樣粲花衫繡分付春風手 喜入秋波嬌欲溜脉脉青山兩眉秀玉枕春寒郎知否歸來留取御香襟袖同飲酴醿酒

鵲橋仙

春陰淡淡春波渺渺簾捲花梢香霧小舟誰在落梅村

正夢繞清溪煙雨　碧山學士雲房嬌小須要五湖同

去桃花流水鱖魚肥恰趣得江天住處

阮郎歸

校書學士小蓬山新parameter叅玉筍班買花歸去五湖間浣花

龍尾灣脫下半闋共計二十三字

南歌子

嫋嫋秋風起蕭蕭敗葉聲岳陽樓上聽哀箏樓下淒涼

江月為誰明　霧雨沈雲夢煙波渺洞庭可憐無處問湘靈只有無情江水繞孤城

醉桃源

春風碧水滿郎湖水清梅影疎渡江桃葉酒家壚髻鬟雲樣梳　吹玉蘂飲瓊腴不須紅袖扶少年隨意數花鬚老來心已無

朝中措　探梅早春亭踰鳳棲嶺至三山閣折花而歸用歐公朝中措腔作照江梅詞寄任緼明緼明嘗許緑檄載侍兒見過又於漢籍岐有目成者因以為戲

郎官湖上探春迴初見照江梅過盡竹溪流水無人知道花開　佳人何處江南夢遠殊未歸來喚取小叢教看隔江煙雨樓臺

西江月

拾翠亭前水滿郎官湖上春迴儀龍新碾試瓊盃更覺春江有味　拄杖行穿翠篠吹花醉繞江梅故園心事老相催此意陶潛能會

又

雲觀三山清露長生萬鬣青松瓊璬珠珥下秋空一笑滿天鸞鳳 霧髩新梳紺緑霞衣舊佩柔紅更邀豪俊馭南風此意平生飛動

如夢令

春水湖塘深處竹暗沙洲無路閑伴落梅來却信東風歸去且住且住細看兩山煙雨

又

不見玉人清曉長嘯一聲雲杪碧水滿闌塘竹外一枝

風裊奇妙奇妙半夜山空月皎

水龍吟

碧山横繞清湖茂林秀麓波光裏南宫老大西洲漂蕩危亭重倚雨步雲行餌風飲霧平生遊戲笑此中空洞都無一物有神妙浩然氣　掃盡雲南夢北看三江五湖秋水狂歌兩解清尊一舉超然千里江漢蒼茫故人何處山川良是待白蘋露下青天月上約騎鯨起

浪淘沙

拍手趂西風驚起乖龍青山緑水古今同唯有一輪山上月長照江中　一點落金鐘渾似虛空道人不住有雲峰但是人家清酒甕行處相逢

採桑子　呂居仁

恨君不似江樓月南北東西南北東西只有相隨無别離　恨君却似江樓月暫滿還虧暫滿還虧待得團圓是幾時

又

亂紅天綠風吹盡小市疎樓細雨輕鷗總向離人恨裏妝年年春好年年病妾自西游水自東流不似殘花一樣愁

西江月

渺渺風吹月上濛濛霧挾霜迴百年心事老相催人在夕陽落外　有夢常嫌去遠無書可恨來遲一盃濁酒兩篇詩小檻黄花共醉

又熟水調

酒罷悠揚醉興茶烹喚起醒魂却嫌仙劑點甘辛衝破
龍團氣韻　金鼎清泉乍瀉香沉微惜芳熏玉人歌斷
恨輕分歡意厭厭未盡

朝中措

病香無力倚闌干風雨送春還一枕曉來清夢無人説
似西山　匆匆笑語時時邂逅草草杯盤莫為雜花時
候便忘梅蕊衝寒

南歌子

驛路侵斜月溪橋度曉霜短籬殘菊一枝黄正是亂山深處過重陽　旅枕元無夢寒更每自長只言江左好風光不道中原歸思轉凄涼

虞美人

梅花自是於春懶不是春來晚看伊開在衆花前便道與春無分結因緣　風前月下頻相就笑我如伊瘦幾回衝雨過踈籬已見一番青子綴殘枝

又

平生臭味如君少自是君難老似儂憔悴更誰知只道心情不似少年時　春風也到江南路少檻花深處對人不是憶姚黃實是舊時風味老難忘

浣溪沙

暖日温風破淺寒短青無數簇幽欄三年春在病中看中酒心情渾似夢探花時候不曾閒幾年芳信隔春

闕

又

共飲昏昏到暮鴉不須春日念京華邇來沉醉是生涯
不是對君猶惜醉只緣春病却憐他願為蜂採落殘
花

長相思

要相忘不相忘玉樹郎君花艷娘幾回曾斷腸　欲下
牀却上牀上得牀來思舊鄉北風吹夢長

減字木蘭花

去年今夜同醉月明花樹下此夜江邊月暗長堤柳暗

船故人何處帶我離愁江外去來歲花前人似今年
憶去年

菩薩蠻

客愁不到西池路殘春又逐花飛去今日傍池行新荷
昨夜生　故人千慮繞不道書來少去住隔關河長亭
風雨多

又

高樓只在斜陽裏春風淡蕩人聲喜攜客不嫌頻使君

如酒醇　花光人不會月色須君醉月色與花光共成
今夜長
又
登樓一望南山雪使君風味如新月月向雪前明主人
今夜情　平生相與意老病猶堪記對酒為君歡酒盃
嫌未寬
踏沙行
雪似梅花梅花似雪似和不似都奇絕惱人風味阿誰

知請君問取南樓月　記得舊時探梅時節老來舊事無人說為誰醉倒為誰醒到今猶恨輕離別

清平樂

故人何處同在江南路百種舊愁分不去枉被落花留住舊愁百種誰知除非是見伊時最是一春多病等閑過了酴醾

漁家傲

小院悠悠春未遠牡丹昨夜開猶淺珍重使君簾盡捲

風欲轉緑陰掩映闌干晚　記得舊時清夜短洛陽芳

訊時相伴一朶姚黄鬆髻滿情未展新來衰病無人管

生查子

殘春霧雨餘小院黄昏後説道覔新詞把酒來相就

酴醾插髻雲歲歲長如舊不是做詞遲却怕添伊瘦

水調歌頭 元會曲　毛澤民

九金增宋重八玉變秦餘千年清浸先淨河洛出圖書

一段昇平光景不但五星循軌萬點共連珠垂衣本神

聖補衮妙工夫　朝元去鏘環珮冷雲衢芝房雅奏儀
鳳矯首聽笙竽天近黄麾仗曉春早紅鸞扇暎遲日上
金鋪萬歳南山色不老對唐虞

浣溪沙 詠梅

月様嬋娟雪様清索强先占百花春於中燭底好精神
多恨肌膚元自痩半殘粧粉不炊匀十分全似那人
人

又 初春泛舟時北山積雪盈尺而水南梅林盛開

水北煙寒雪似梅水南梅鬧雪千堆月明南北兩瑤臺
雪近恰如天上坐魂清疑向斗邊來梅花多處載春
回

又 泛舟

銀字笙簫小小童梁州吹過柳橋風阿誰勸我玉盃空
小醉徑須眠錦瑟夜歸不用簇紗籠畫船簾捲月明
中

玉樓春 立春日

小園半夜東風轉吹破氷池雲母面曉披閶闔見朝陽和向碧階添幾線　小煙弄柳晴光暎殘雪禁梅香尚淺殷勤洗拂舊東君多少韶華都借看

惜分飛　富陽水寺秋夕望月

山轉沙回江聲小望盡冷煙衰草夢斷瑶臺曉楚雲何處英英好　古寺黄昏人悄悄簾捲寒堂月到不會思量了素光看盡桐陰少

又　富陽僧舍代作别語

淚濕闌干花着露秋到眉峰碧聚此恨平分取更無言語空相覷　短雨殘雲無意緒寂寞朝朝暮暮今夜山深處斷魂分付潮回去

西江月　縣圃小酌

煙雨半藏楊柳風光初到桃花玉人細細酌流霞醉裏將春留下　柳畔鴛鴦作伴花邊蝴蝶為家醉翁醉裏也隨他月石柳橋花榭

又　長安秋夜與諸君飲分題作

雨後裌衣初冷霜前細菊渾斑觚稜清月繡團環萬里長安秋晚　槽下内家玉滴盤中江國金丸春容着面作微殷燭影紅搖醉眼

又茶詞

席上芙蓉待暵花間騕褭還嘶勸君不醉且無歸歸去因誰惜醉　雪點餅心未老乳堆盞面初肥留連能得幾多時兩腋清風喚起

青玉案　新涼

芙蕖花上濛濛雨又冷落池塘暮何處風來搖碧户捲簾凝望淡煙疎柳翡翠穿花去　玉京人去無由駐怎獨在凭闌處試問緑窻秋到否可人今夜新涼一枕無計相分付

踏莎行　臘梅

粟玉玲瓏雍酥浮動芳蹤染得胭脂重風前蘭麝作香寒枝頭煙雪和春凍　蜂翅初開蜜房香弄佳人寒睡愁和夢鵞黄衫子茜羅裙風流不與江梅共

秋霽　　曾公衮

木落山明莫江碧樓倚太虛寥廓素手飛觴釵頭看取金英滿浮桑落鬢雲慢約酒紅拂破香腮薄細細酌簾外任教月轉畫闌角　當年快意登臨異鄉節物難禁離索故人遠凌波何在惟有殘英共寂寞愁到斷腸無處着寄寒香與憑渠問訊佳時弄粉吹花為誰梳掠

念奴嬌

片帆暮落正前邨梅蕊愁人如雪東陌西溪長記得踈

影橫斜時節六出氷姿玉人微涉笑裏輕輕折蘭房同醉暗香曾共私竊 回頭萬水千山一枝重見處離腸千結料想臨鸞消瘦損時把啼紅偷挹待得伊來許多幽恨共撚青梢說如今千里斷腸空對明月

又

江城春晚正海棠臨水嫣然幽獨秀色天姿真富貴何必金盤華屋月下無人雨中有淚絕艷仍清淑豐肌得酒嫩紅微透輕縠 曉日霧靄林深佳人春睡思朦朧

初足笑出蹤籬端可厭桃李滿山粗俗燕子飛來鴻鵠何在千里移西蜀明朝酒醒亂紅那忍輕觸

洞仙歌

相如當日曾奏凌雲賦落筆縱横妙風雨記揚鞭輦路同醉金明窮勝賞不管重城已暮　舊遊如夢覺零落朋儕遺墨淋漓尚如故況神州北望今已丘墟傷白璧久埋黄土但空似靈光巋然存悵朗月清風更無元度

臨江仙

後院短牆臨綠水春風急管繁絃問誰親按小嬋娟玉堂真學士琳館地行仙　安得此身來此地依稀一夢梨園江南刺史漫垂涎據鞍腸已斷何況到尊前

上林春

東里梅繁豪健放樂醉倒花前狂客艷粧微步攀條弄粉凌波遍尋青陌暗香墮靨更飄近霧鬟蟬額倒金荷念流光易失幽姿堪惜　惜花心未甘髩白南枝上又見尋芳消息舊遊回首前懽如夢誰知等閑拋擲稠紅

亂蕊漫開遍楚江南北獨銷魂念誰寄故園春色

菩薩蠻

山光冷浸清溪底溪光直到柴門裏卧對白蘋洲欹眠數釣舟 溪山無限好恨不相逢早老病獨醒多如此良夜何

謁金門

風淅瀝簾外雪花初積夢破小窻人寂寂寒威無處敵强起飲君涓滴清淚醉來霑臆岐路只今多擁隔弟

兄無信息

品令

紋漪漲緑跡靄連孤鶩一年春事柳飛輕絮笋添新竹寂寞幽花獨殿小園嫩緑　登臨未足悵遊子歸期促他年清夢千里猶到城陰溪曲應有凌波時為故人凝目

望雲涯引　李景元

秋容江上岸花老蘋洲白露濕蒹葭浦嶼漸增寒色閑

漁唱晚鶩鴈驚飛處映遠磧數點輕帆送天際歸客鳳臺人散漫回首沉消息素鯉無憑樓上暮雲凝碧時向西風下認遠笛宋玉悲懷未信金尊消得

弔嚴陵

蕙蘭香泛孤嶼潮平鷺鷗散雪迤邐點破澄江秋色暝靄向歛蹤雨乍收染出藍峰千尺漁舍孤煙鎖寒磧畫鷁翠帆旋解輕艤殘霞岸側正念往悲酸懷郎悰切何處引羌笛　追惜當時富春佳地嚴光釣址空遺迹華

星沉後扁舟泛去瀟灑閒名圖籍離觴弔終寓目意日䰟銷淚滴漸洞天晚迴首暮雲千古碧

夢玉人引

漸東風暖隴梅殘霽雲碧嫩草幽條又迴江城春色乍促銀籤便篆香紋蠟有餘迹愁夢相兼儘日高無力這些〻離恨依然是酒醒又如織料伊懷惜也應向人端的何故近日全然無消息問伊看伊教人到此如何休得

過秦樓

賣酒壚邊尋芳原上亂花飛絮悠悠已蝶稀鶯散便擬把長繩繫日卻無由謾道草忘憂也徒將酒解閒愁正江南春盡行人千里蘋滿汀洲　有翠紅徑裏盈盈侶簇芳茵禊飲時笑時謳當暖風遲景任相將永日爛熳從遊誰信盛狂中有離情忽到心頭向罇前擬問雙燕來時曾過秦樓

帝臺春

芳草碧色萋萋遍南陌暖絮亂紅也知人春愁無力憶得盈盈拾翠侶共攜賞鳳城寒食到今來海角逢春天涯為客 愁旋釋還如纖淚暗拭又偷滴謾竚立倚遍危欄儘黄昏也只是暮雲凝碧拚則而今已拚了忘則怎生便忘得又還問鱗鴻試重消息

擊梧桐

杳杳春江水闊細雨風㦓波聲無歇雁去汀洲暖岸燕靜翠染遙山一抹羣鷗聚散征船來去隔水相望楚越

對此凝情久念往歲上國嬉遊時節　鬬草園林賣花
巷陌觸處風光奇絶正恁濃歡裏誚不意頓有天涯離
別看那梅生翠實柳飄狂絮没箇人共折把如今愁煩
滋味教向誰説

幔捲紬

絶羽沉鱗埋花葬玉杳杳悲前事對一盞寒燈數點沉
螢悄悄畫屏巫山十二瞬驗星眸蕙情蘭性一旦成流
水便縱有甘泉妙手洪都方士何濟　香閨寶砌臨粧

處迤邐峕痕翠更不忍看伊繡殘鴛侶而今尚有啼紅
粉漬好夢不來斷雲飛去黯黯情無際謾飲盡香醪奈
向愁腸消遣無計

望春回

霽霞散曉射水邨漸明漁火方絶灘露夜潮痕注凍瀨
凄咽征鴻來時應負書見踈柳更憶伊同折異鄉憔悴
那堪更逢歲窮時節　東風暗回暖律算折遍江梅消
盡嵓雪唯有這愁腸也依舊千結私言竊語此此誓約便

眠思夢想無休歇這些離恨除非對着說似明月

清平樂　詠木樨贈韓叔夏　向伯恭

吳頭楚尾踏破芒鞋底萬壑千巖秋色裏不奈惱人風味　如今老我薌林世間百不關心獨喜愛香韓壽能來同醉花陰

鷓鴣天

紫禁煙花一萬重鼇山宮闕倚晴空玉皇端拱彤雲上人物嬉遊陸海中　星轉斗駕迴龍五侯池館醉春風

而今白髮三千丈愁對寒燈數點紅

虞美人 和趙正之韻時正之被召

淮陽堂上曾相對笑把姚黃醉十年離亂有深憂白髮蕭蕭同見渚江秋 屐聲細聽知何處欲上星辰去清寒初溢暮雲收更看碧天如水月如流

又 示樓隱寧老

澄江霽月清無對鲁酒何須醉人憐貧病不堪憂誰識此心如月正含秋 再三澇漉方知處試向波心去迢

迢空劫不能收漫道從來天地與同流

卜算子 中秋和東坡

雨意挾風回月色兼天靜心與秋空一樣清萬象森如影何處一聲鐘令我發深省獨立滄浪忘却歸不覺霜華冷

又 雙原避地作

時菊碎榛叢地僻柴門靜誰道邨中好客稀明月和清影天地一遽廬夢事慵思省若箇知余懶是真心已

如灰冷

又

竹裏一枝梅雨洗娟娟靜疑是佳人日暮來綽約風前影　新恨有誰知舊事何堪省夢遶陽臺寂寞回半被殘香冷

阮郎歸　乙卯潘陽道中作

江南江北雪漫漫遙思易水寒同雲深處是三關斷腸山又山　天可老海能翻消除此恨難頻聞遣使問平

安幾時鑾輅還

滿庭芳 木樨詞約去非希箕養真同賦

月窟蟠根雲巖分種絶知不是塵凡琉璃剪葉金粟綴花繁黄菊周旋避舍友蘭蕙羞殺山樊清香遠秋風十里鼻觀已先參 酒闌聽我語平生半是江北江南經行處無窮緑水青山常被此花相惱思共老結屋中間不因爾薌林底事游戲到人寰

西江月 游洞庭東西山將有天台雁蕩之行獲拜

御書薌林之賜呈子發元長去非翰林三

學士

得意穿雲度水及時斫玉分金茲遊了却未來心怪我歸遲一任　居士何如學士翰林休笑鄉林箇中真味少知音不是清狂太甚

更漏子　題趙伯山青白軒時云

竹孤清梅釅白更著使君清絶梅似竹竹如君須知德有鄰　月同高風同調月底風前一笑翻碎影度微香與人風味長

浣溪沙 歲除集二老句

爆竹聲中一歲除東風送暖入屠蘇曈曈曉色上林廬

老去怕看新歷日退歸擬學舊桃符青春不染白髭

鬚

又 木槿花開不數日謝去每恨不能挽留近得海上方可作爐熏耐久

醉裏驚從月窟來睡餘如夢蕊宫迴碧雲時度小崔巍

疑是海仙憐我老不論時節遣花開從今休數返魂

梅

生查子 與客醉花下落蕊忽墮酒盃中

月姊倚秋風，香度青林杪。吹墮酒盃中，笑靨撩人小。鄉林萬事休，獨此情未了。醉裏又題詩，不覺花前老。

菩薩蠻 謝無逸

暄風遲日春光鬧，蒲桃水碧搖輕棹。兩岸草煙低，青山啼子規。歸來愁未寢，黛淺眉痕沁。花影轉廊腰，紅添酒面潮。

南歌子

雨洗溪光淨風吹柳帶斜畫橋朱戶玉人家簾外一眉
新月浸梨花　金鴨香凝袖銅花燭映紗鳳盤宮錦小
屏遮夜靜寒生春笋理琵琶

謁金門

簾外雨洗盡楚鄉殘暑白鷺影邊霞一縷紺碧江天暮
沉水煙橫香霧茗盌淺浮瓊乳卧聽鷓鴣啼竹塢竹
風清院宇

如夢令

花落鶯啼春暮陌上綠柳飛絮金鴨晚香寒人在洞房深處無語無語葉上數聲疎雨

又

門外桃花流水日暖杜鵑聲碎番馬小屏風一枕華堂春睡如醉如醉正是困人天氣

虞美人

碧梧翠竹交加影角簟紗廚冷踈雲淡月媚横塘一陣荷花風起入簾香　鴈横天末無消息水闊吳山碧刺桐

花上蝶翩翩惟有夜涼清夢到郎邊

又

角聲吹散梅梢雪踈影黄昏月落英點點拂闌干風送清香滿院作輕寒　花瓷羯鼓催行酒紅袖纖纖手曲聲未徹寶杯空飲罷香薫翠被錦屏中

漁家傲

秋水無痕清見底蓼花汀上西風起一葉小舟煙霧裏蘭棹艤柳條帶雨穿雙鯉　自嘆直鈎無處使笛聲吹

散雲山落雙刀紅縷細新酒美醉來獨枕簑衣睡

清平樂

曉風残月角裏梅花落宿酒醒時滋味惡翠被輕寒漠漠夢回一點相思遠山暗處愁眉不覺肌膚瘦玉但知帶減腰圍

驀山溪

霜清木落深院簾櫳靜池面捲煙波瑩寒氷一奩明鏡修雲拂檻踈翠晚嬋娟水雲收山霧斂野水江天迴

紅綃醉玉酒面風前醒簾幕護輕寒錦屏空薰爐燼冷
星横參昴梅徑月黄昏淺眉嚬清夢醒牎外横踈影

玉樓春

弄晴數點梅梢雨門外畫橋寒食路杜鵑飛破草間煙
蛺蝶惹殘花底露　臂鞲紅錦鳴腰鼓寒鴈影斜天上
柱粧成不管露桃嗔舞罷從教風柳妬

武陵春

畫燭籠紗紅影亂門外紫騮嘶分破雲團月影虧雪浪

皺清漪　捧椀纖纖春筍瘦乳霧泛氷瓷兩腋風輕拂
袖飛歸去酒醒時

浪淘沙

料峭小桃風凝澹春容寶燈山別半天中麗服靚粧攜素
手笑語匆匆　酒滴小槽紅一飲千鍾金蓮擎燭絳紗
籠歸去笙歌喧院落月照簾櫳

南鄉子

淺色染春衣衣上雙雙小鴈飛袖捲燕寒玉瘦彈碁局

得花前酒一巵　氷雪染燕脂絳蠟香融落日西唱徹

陽關人欲去依依醉眼横波翠黛低

醉落魂

霜砧聲急蕭蕭踈雨梧桐濕無言獨倚闌干立簾捲黄

花昏一陣西風入　年時畫閣嘉賓集玉人檀板當筵

執銀瓶已斷絲繩汲莫話前歡忍對屏山泣

鵲橋仙

蝶飛煙草鶯啼雲樹滿院垂楊乍緑輕風飄盡杏花紅

更吹皺池塘面縠　珠簾日晚銀屏人散樓上暫横雙竹一春若道不相思緣底事紅綃䙡玉

踏莎行

柳絮風輕梨花雨細春陰院落簾垂地碧溪影裏小橋横青帘市上孤煙起　鏡約闗情琴心破睡輕寒漠漠侵鴛被酒醒散盡臉邊霞夢回山蹙眉間翠

採桑子

楚山削玉雲中碧影落沙汀秋水澄凝一抹江天雁字

橫 金錢滿地西風急紅蓼煙輕簾外砧聲驚起青樓夢不成

江城子

一江秋水碧灣灣繞青山玉連環簾幕低垂人在畫屏閒閑抱琵琶尋舊曲彈未了意闌珊 飛鴻數點拂雲端倚欄看楚天寒擬倩西風吹夢到長安恰似梨花春帶雨愁滿眼淚闌干

鷓鴣天

桐葉成陰拂畫簷清風涼處捲踈簾紅綃舞袖縈腰柳綠玉眉心媚臉蓮　愁滿眼水連天香牋小字倩誰傳梅黄楚岸垂垂雨草碧吴江淡淡煙

浣溪沙

樓閣簾垂乳燕飛圓荷細細點清漪薫風破夢説涼時玉軫琴邊蘭思遠霜紈扇裏翠眉低揉藍衫子鬧蜂兒

菩薩蠻

縠紋波面浮鸂鶒蒲芽聳出參差碧滿院落梅香柳梢初弄黄　衣輕紅袖皺香困花枝瘦睡起玉釵横隔簾聞曉鶯

水龍吟　朱希真

放船千里凌波去略為湖山主留顧雲屯水府濤隨神女九江東注北客蒼然壯心偏感年華將暮念伊嵩舊隱巢由故友南柯夢遽如許　回首妖氛未掃問人間英雄何處奇謀報國可憐無用塵昏白羽鐵鎖横江錦

帆衝浪孫郎良苦但愁敵桂櫂悲吟梁月淚流如雨

念奴嬌

見梅驚笑問經年何處收香藏白似語如愁却問我何苦紅塵久客觀裏栽桃僊家種杏到處成蹊隅千林無伴淡然獨傲霜雪　且與管領春回孤標爭肯接雄蜂雌蝶豈是無情知受了多少淒涼風月寄驛人遥和羹心在忍使芳塵歇東風寂寞可人誰為攀折

驀山溪

瓊蔬玉蘂久寄清虛裏春到碧溪東下白雲尋桃問李彈簧吹葉嬾傍少年場追楚佩覔秦簫踏破青鞋底河傳酒熟誰解留儂醉兩袖拂飛花空一春淒涼憔悴東風誤我滿帽洛陽塵喚飛鴻遮前日歸去煙霞外

清平樂　詠木犀

人間花少菊小芙蓉老冷淡仙人偏得道買住西風一笑　前身應是江梅姿黄姑穿破氷肌只有暗香猶在飽參清似南枝

憶秦娥

西江碧江亭夜燕天涯客天涯客一杯相屬此夕何夕
燭殘花冷歌聲急秦關漢苑無消息無消息宮樓吹
角故人難覓

醉落花

海山翠疊夕陽殿雨雲堆雪鷓鴣聲裏蠻花發我共扁
舟江上兩萍葉　東風落酒愁難說誰教春夢分胡越
碧城芳草應銷歇曾識劉郎惟有半彎月

醜奴兒

一番海角凄涼夢却到長安翠帳珠簾依舊屏斜十二山玉人為我調秦瑟顰黛低鬟雲散香殘風雨蠻溪半夜寒

卜算子

江上見新年年夜聽春雨有箇人人領略春粉淡紅輕注深勸玉東西低唱黃金縷撚底梅花總是愁酒盡人歸去

採桑子

扁舟去作江南客旅店孤雲萬里煙塵回首中原淚滿巾碧山相映汀洲冷楓葉蘆根日落波平愁損辭鄉去國人

柳梢青

狂蹤怪迹誰料半老天涯為客帆展霜風船隨江月山寒波碧如今着處添愁怎忍看參西鴈北洛浦鶯花伊川雲水何如歸得

減字木蘭花

古人誤我獨舞西風雙泪墮鶴去無蹤木落西陵返照紅人間難任擲下酒杯何處去樓鎖鐘殘山北山南兩點煙

又

劉郎已老不管桃花依舊笑要聽琵琶重院鶯啼覔謝家曲終人醉多似潯陽江上淚萬里東風國破山河落照紅

鵲橋仙

嫦娥怕鬧銀蟾博令且無遮鸞翳鳳直待人睡俗塵清
放雲漢水輪徐動　山前散髮披衣松下琴奏瑶池三
弄曲終鶴警露華寒笑濁世饒伊做夢

又

竹西散策花陰圍坐可恨來遲幾日披香不覺玉壺空
破酒面飛紅半濕　悲歌醉舞幾人而已總是天涯倦
客東風吹淚故園春問我輩何時去得

鷓鴣天

曾為梅花醉不歸佳人挽袖乞新詞輕紅遍寫鴛鴦帶濃碧爭斟翡翠巵　人已老事皆非花前不飲淚沾衣如今但欲關門睡一任梅花作雪飛

又

唱得梨園絶代聲前朝惟數李夫人自從驚破霓裳後楚奏吳歌扇裏新　秦嶂雁越溪砧西風北客兩飄零樽前忽聽當時曲側帽停杯淚滿襟

感皇恩

曾醉武林溪竹深花好玉珮雪環共春笑主人好事坐客雨中風帽日斜青鸞舞金樽倒　歌斷渭城月沉星曉海上歸來故人少舊遊重到但有夕陽荒草恍然真一夢人空老

相見歡

東風吹盡江梅橘花開舊日吳王宮殿長青苔　今古事英雄淚老相催常恨夕陽西去晚潮迴

木蘭花漫

折芙蓉弄水動雲珮風起秋風正柳外閑雲溪頭淡月映帶疎鐘人間厭謫墮久恨蜺旌未返碧樓空直與時人度日自憐懷抱誰同　當時種玉五雲東露冷夜耕龍念瑞草成畦瓊蔬未採人照衰容誰知素心未已望青都絳闕有無中寂寞歸來隱處處聽帝樂融融

滿庭芳　沈會宗

柳與堤迴橋隨湖轉望中如在蓬萊水禽高下煙霧斂

還開認得仙翁住處都不見一點塵埃壺天曉清寒帶
雪光景自徘徊　高才廊廟手當年平步直到堯階況
今朝調鼎尤待鹽梅只恐身閒不久難留戀花月飛臺
看新歲春風且送五馬過江來

又

雪底尋梅氷痕觀水晚來天氣尤寒漸漸歌笑輕暖發
春妍償盡十洲新景依稀見三島風煙判涼夜一年月
色只是這畨圓　熙然千里地何妨載酒頻上湖船況

坐中高客不日朝天須勝人間好處後箇事勝得樽前
東風近侵尋桃李別做醉𠁊緣

又

跡木藏鐘輕煙籠角幾家簾幕燈光暮砧聲斷空壁鎖
寒螿入袂西風陣陣徹醉骨都不勝涼欄杆外依稀嫩
竹月色冷如霜　仙鄉何處是雲深路杳不念劉郎但
畫橋流水依舊垂楊要見時時便見一向價只作尋常
爭知道愁腸淚眼獨自箇重陽

臨江仙

過盡清明三月雨東風才到溪濱畫工傳得已非真青君著意處桃李未曾榛　倚檻盈盈如欲語就中拈足花神自然亭館一番新從今觀絕品不獨洛陽人

夢玉人引

舊追遊處思前事儼如昔過盡鶯花橫雨暴風初息杏花枝頭又自然別是般天色好傍垂楊繫畫船橋側小歡幽會一霎時光景也堪惜對酒當歌故人情分難

覔山遠水長不成空相憶遥歸去重來又却是幾時來得

驀山溪

想伊不住船在藍橋路别語未甘聽更擬問而今是去門前楊柳幾日轉西風將行色欲留心忽忽城頭鼓一番幽會只覺添愁緒邂逅却相逢又還有此時歡否臨岐把酒莫惜十分斟樽前月月中人明夜知何處

漢宫春

别酒初醒似一番夢覺屈指堪驚猶疑送消寄息過着人聽當初喚作據眼前略看相承及去了從頭想伊心下始覺寧寧　黃昏畫角重城更傷高念遠懷抱何勝良時好景算來半為愁生幽期暫阻便就中月白風清千萬計年年斷勝不得是這些情

尋梅

今年早覺花信初蹉想芳心未應誤我一月小徑幾回過始朝來尋見雪痕微破　眼前大抵情無那好景色

只消些箇春風爛熳却且可是而今枝上一朶兩朶

不見即古憶仙姿

日過重簾未捲裊裊欲殘香線午醉却醒來柳外一聲

鶯囀不見不見門掩落花深院

又

迴首蕪城舊院還是緑深紅淺春意已無多斜日滿簾

飛燕不見不見花上雨來風轉

訴衷情

深深院宇小池塘一徑碧梧長青春又歸何處新笋綠成行　多少事惱人腸懶思量香消一炷睡起雲時日過東窗

菩薩蠻

相逢無處無樽酒樽前未必皆朋舊酒到任教傾莫思今夜醒　明朝相別後江上空回首欲去不勝情為君歌數聲

又

春城迤邐層陰遶青梅競弄枝頭小江色雨和煙行人
江那邊　好花都過了滿地空芳草落日醉醒間一春
無此寒

小重山

花過園林清蔭濃琅玕新脱筍緑叢叢雨聲只在小池
東閑欹枕直面芰荷風　長日敞簾櫳輕塵飛不到畫
堂空一樽今夜與誰同人如玉相對月明中

轉調蝶戀花

陌上清明初過雨春色無多葉底花堪助輕煖時聞燕

雙語等閑飛入誰家去　短牆東畔新朱户前日花前

把酒人何處鬖鬖橋邊上船路緑楊風裏黄昏鼓

又

漸近朱門香夾道一片笙歌依約樓臺杪野色和煙滿

芳草溪光曲曲山迴抱　物華不逐人間老日日春風

在處花枝好莫恨雲深路難到劉郎可惜歸來早

臨江仙　陳子高

枕帳依依殘夢齋房忽忽餘醒薄衣團扇遶堦行曲欄幽樹看得緑成陰　簷雨為誰凝咽林花似我飄零微吟休作斷腸聲流鶯百囀解道此時情

又

四海十年兵不解烟塵直到江城歲華銷盡客心驚踈鬢渾似雪哀涕欲生氷　送老齏鹽何處是我緣應在吳興故人相望若為情別愁深夜雨孤影小窻燈

漁家傲

寶瑟塵生郎去後綠窗閒却春風手淺色宮羅新染就晴時後裁縫細意花枝鬭　象尺薰爐移永晝粉香浥浥薔薇透晚景看來渾似舊沉吟久箇儂爭得知人瘦

浣溪沙

春曉心情懶梳頭淺畫眉亂鶯殘夢起多時不道小庭花露濕剪酴醿　簾額好風低燕子窗油晴日打蜂兒翠袖粉牋閒弄筆寫新詩

又

淺畫香膏拂紫綿牡丹花重翠雲偏手挼梅子並郎肩病起心情終是懶困來模樣不禁憐旋移針線小窻前

又

香霧空濛墮彩蟾傾城催映出重簾空堂銀燭夜厭厭何物與儂供醉眼半黃梅子帶紅鹽粉融香潤玉纖纖

又

淡墨花枝映薄羅嫩藍裙子翠湘波水晶新樣碾風荷
問着似羞還似惡惱來成笑不成歌芙蓉帳裏奈君
何

又

銀燭熒熒照碧窗重重簾幙護梨霜幽歡不怕夜偏長
羅襪鈿釵紅粉醉曲屏深幔綠橙香征鴻離雁斷人
腸

又

小院春來百草青拂牆桃李已飄零絶知春意總無憑
盧女嫁時終薄命徐娘身老謾多情洗香吹粉轉娉
婷

又

窻紙幽幽不肯明寒更忍作斷腸聲背人殘燭却多情
合下心期唯有夢如今䰟夢也無憑幾行閑淚莫縱
横

謁金門

花滿院飛去飛來雙燕紅雨入簾寒不捲曉屏山六扇
翠袖玉笙悽斷脈脈兩蛾愁淺消息不知郎近遠一
春長夢見
又
柳絲碧柳下人家寒食鶯語匆匆花寂寂玉堦春蘚濕
閑凭薰籠無力心事有誰知得檀炷繞窗燈背壁畫
簷殘雨滴
又

深院靜塵暗曲房凄冷黃葉滿堦風不定無端吹酒醒
露濕小園幽徑悄悄啼姑相應半被餘薰殘燭影夜
長人獨冷

又

春漏促誰見兩人心曲罷晝屏風銀蠟燭淚珠紅蔌蔌
懊惱歡娛不足只許夢中相逐今夜月明何處宿畫
橋春水緑

又

春草碧憶著去年寒食白苧紅裙香巷陌折花鬧調客

好在江南江北燕子不傳消息醉眼騰騰羞面赤斷

腸儂記得

又

羅帳薄縹緲綺疏飛閣紅地團花金解絡香囊垂四角

晝日春風簾幙誰見綠屏纖弱雲壓枕函欹自落無

端春夢惡

又

愁脈脈目斷江南江北煙樹重重芳信隔小樓山幾尺

細草孤雲斜日一向弄晴天色簾外落花飛不得東

風無氣力

又

春寂寂綠暗溪南溪北溪水沉沉天一色烏飛春樹黑

腸斷小樓吹笛醉裏看朱成碧愁滿眼前遮不得可

憐雙鬢白

虞美人

踏車不用青裙女日夜歌聲苦風流墨綬强躋攀喚起潛蛟飛舞破天慳　公庭休更重門掩細聽催詩點一尊已詠北窻風臥看雪兒纖手剝蓮蓬

張宰祈雨有感

又

小山戢戢盆池淺芳樹陰陰轉一作見紅欄杆上刺薔薇蝴蝶飛來飛去兩三枝　繡裙斜立腰肢困翠黛縈新恨風流蹤迹使人猜過了鬬雞時節合歸來

又

綠陰滿院簾垂地落絮縈香砌池光不定藥欄低閒並一雙鸂鶒没人時　舊歡黯黯成幽夢帳捲金泥重日虹斜處暗塵飛脈脈小窻孤枕鏡花移

菩薩蠻

柳條𥨪𥨪閒庭院錦波繡浪春風轉紅日上闌干晚來花更寒　綠檀金隱起翠被香煙裏幽恨有誰知空梁落燕泥

又

赤欄橋盡香街直籠街細柳嬌無力金碧上青空花晴簾影紅　黃衫飛白馬日日青樓下醉眼不逢人午香吹暗塵

又

池塘淡淡浮鸂鶒杏花吹盡垂楊碧天氣度清明小園新雨晴　綠窻描繡罷笑語酴醿下圍坐賭青梅困從雙臉來

又

緑蕪牆遶青苔院中庭日淡芭蕉卷蝴蝶上堦飛烘簾自在垂　玉鈎雙語燕寶甃楊花轉幾處簸錢聲緑窻春睡輕

又

柳條到地鶯聲滑鴛鴦睡穩清溝濶九曲轉朱闌花深人對閒　日長刀尺罷試屐櫻桃下鬅鬙玉釵風雲輕線脚紅

又

綠陰寂寂櫻桃下盆池日照薔薇架簾影假山前映堦紅葉𩬊芭蕉籠碧砌猧子中庭睡香徑沒人來拂牆花又開

點絳唇

曲陌春風誰家姊妹同牆看映花烘煥困入茸茸眼細馬輕衫倚醉偷回面垂楊轉墜鞭遮扇白地肝腸斷

好事近

尋徧石亭春黯黯暮山明滅竹外小溪深處倚一枝寒

月　淡雲踈雨苦無情得折便須折醉帽屬鬟歸去有
餘香愁絶

千秋歲

栢舟高躅晚歲宜遐福門户壯疏湯沐青袍圍白髮端
錦縹犀軸仙桂長交柯却映蟠桃熟　縹緲長江曲入
破清簫逐香霧滿飛華屋玉鉤涼月掛氷麝芙蓉馥千
萬壽酒中倒卧南山緑

鷓鴣天

禁痒餘寒酒半醒蒲萄力軟被愁侵鯉魚不寄江南信

綠盡菖蒲春水深　疑夢斷愴離襟重簾複幕靜愔愔

赤闌干外梨花雨還是去年寒食心

又

芳樹陰陰脫晚紅餘香不斷玉釵風薄情夫壻花相似

一片西飛一片東金翡翠繡芙蓉從教纖媚笑牀空

揉藍衫子休無賴只與離人結短封

又

小市橋彎更向東便門長記舊相逢踏青會散鞦韆下

鬢影衣香怯晚風　悲往事向孤鴻斷腸腸斷舊情濃

梨花院落黄茅店繡被春寒此夜同

豆葉黄

粉牆丹柱柳絲中簾箔輕明花影重午醉醒來一面風

綠怱怱幾顆櫻桃葉底紅

又

樹頭初日鵓鴣鳴野店山橋新雨晴短褐無泥竹杖輕

水泠泠梅片飛時春草青

又

鞦韆人散小庭空麝冷燈昏愁殺儂獨有閒堦兩袖風

月朧朧一樹梨花細雨中

鷓鴣天　　趙子發

約料應飛白玉槃明樓漸放滿輪寒天垂萬丈清光外

人在三秋爽氣間　閒葉吹想風鬟浮空彷彿女乗鸞

此時不合人間有盡入嵩山靜夜看

洞仙歌

荒山明月下有雲來去深夜纖毫靜可數問古今底事留此空光修月戸猶是當年玉斧　思君持羽扇來伴微吟水珮風鬟飲松露待勾漏丹成約與輕飛人間世便知歸處更長嘯餘聲振林谿見亂紅驚飛半巖花雨

桃源憶故人

芳菲已有東風露寒着輕羅未去午夜鸞車鶴馭散入千蓮步　粉香度曲嬉遊女草草相逢無據腸斷淚零

無數灑作花梢雨

浣溪沙

踈蔭搓搓趂岸移鷺鷗點點過帆飛船分水打嫩沙回

斷夢不知人去處卷簾還有燕來時日斜風緊轉灣

西

南歌子

天末疑無路波翻欲御風此身忽在玉壺中醉倒不知

南北與西東　獵獵逢嗚草颼颼靜打蓬邅與君回櫂碧

雲濃不是思歸只為酒船空

又

人有紉蘭佩雲無出岫心扁舟來入碧濤深坐見楚咻兒女變齊音　但醉雙餅玉從渠六印金此時何處可幽尋風定津頭白月照平林

點絳唇

野岸孤舟斷橋明月穿流水雁聲嘹唳雙落行人淚

去歲吾家曾揷黄花醉今那是杖藜西指看即成千里

虞美人

飛雲流水來無信花發年年恨小桃如臉柳如眉記得那人模樣舊家時　樓高映步拖金縷香濕黃昏雨如今不見欲憑書門外水平波煖一雙魚

惜分飛

數點雨聲驚殘暑簾外秋光容與重換薰爐炷漸低羅幌香成霧　今夜夜涼情幾許莫向屏山取取却笑陽臺女楚人空作高唐賦

阮郎歸

馬蹄踏月響空山梅生煙壑寒水妃去後淚痕乾天風吹珮珊蘭紉香久怕花殘與君聊據鞍一枝欲寄北人看如今行路難

點絳唇　詠御射　曹元寵

秋勁風高暗知斗力添弓面靶分筠幹月到天心滿白羽流星飛上黄金盌胡沙鴈雲邊驚教壓盡天山箭

又

蹤柳殘蟬助人離思斜陽外淡煙蹤露節物隨時改

水已無情風更無情倍蘭舟解水流風快回首何人在

又

宻炬高燒寶刀時剪金花碎照人歡醉也照人無睡

待得厭心陪盡千行淚籠約裏夜涼如水猶喜長成對

如夢令

門外綠陰千頃兩兩黄鸝相映睡起不勝愁行到碧梧

金井人靜人靜風動一枝花影

撲蝴蝶

人生一世思量爭甚底花開十日已隨塵共水且看欲盡花枝未厭傷多酒盞何須細推物理幸容易 有人爭奈只知名與利朝朝日日忙忙劫劫地待得一餉閑時又却三春過了何如對花沉醉

憶少年

年時酒伴年時去處年時春色清明又近也却天涯為客 念過眼光陰難再得想前歡盡成陳迹登臨恨無

語把闌干暗拍

驀山溪

護霜雲際遠日明芳樹竹外一枝斜想佳人天寒日暮

黄昏小院無處著清香風細細雪垂垂何况江頭路

月邊踈影夢到銷魂處結子欲黄時又須作廉纖細雨

孤芳一世供斷有情愁消瘦損東陽也試問花知否

又

草薫風暖樓閣籠輕霧牆短出花梢映誰家緑楊朱戶

尋芳拾翠綺陌自青春江南遠踏青時誰念方羈旅
昔遊如夢空憶橫塘路羅袖舞臺風想桃花依然舊樹
一懷離恨滿眼欲歸心山連水水連雲悵望人何處

相思會

人無百年人剛作千年調待把門關鐵鑄兒見失笑多
愁早老惹盡閙煩惱我醒也枉勞心謾計較 麄衣淡
飯贏取暖和飽住箇宅兒只要不大不小常教潔淨不
種閒花草據見定樂平生便是神仙了

品令

乍寂寞簾櫳靜夜久寒生羅幙窻兒外有个梧桐樹早
一葉兩葉落　獨倚屏山欲寐月轉驚飛烏鵲促織兒
聲響雖不大敢教賢睡不着

小重山

簾捲東風日射窻小山庭院靜接回廊跡跡晴雨弄斜
陽憑欄久牆外杏花芳　時節好尋芳多情懷酒伴憶
懽狂歸鴻應已度瀟湘音書杳前事忍思量

又

陌上花繁鶯亂啼驊騮金絡腦錦障泥尋芳行樂憶當時聯鑣處飛鞚緑楊堤　春物又芳菲情如風外柳只依依空憐佳景負歸期愁心切惟有夢魂知

青玉案

碧山錦樹明秋霽路轉陡疑無地忽有人家臨曲水竹籬茅舍酒旂沙岸一簇成村市　凄涼只恐鄉心起鳳樓遠回頭謾凝睇何處今宵孤館裏一聲征鴈半窻殘

月總是離人淚

鷓鴣天

輦路薰風起綠槐都人凝望滿天街雲韶杳杳鳴鞘肅芝蓋亭亭障扇開　微雨過絕纖埃内家車子走輕雷千門不敢垂簾看總上銀鈎等駕來

漁家傲

水上落紅時片片江頭雪絮飛繚亂渺渺碧波天樣遠平沙暎花風一陣蘋香滿　晚來醉著無人喚殘陽已

在青山半睡覺只覺花改岸檯頭看元來弱纜風吹斷

阮郎歸

簷頭風珮響丁東簾踈燭影紅鞦韆人散月溶溶樓臺花氣中　春酒醒夜寒濃繡衾誰與同只愁夢短不相逢覺來羅帳空

臨江仙

青瑣春深紅獸暝燈前共倒金尊數枝梅浸玉壺春雪明渾似曉香重欲成雲　戶外馬嘶催客起席間歡意

留人從他微霰落紛紛不妨吹酒面歸去醒餘醺

鷓鴣天

淺笑輕顰不在多遠山微黛接横波情吞醽醁千鍾酒心醉飛瓊一曲歌　人欲散奈愁何更看朱袖拂雲和夜深醉墨淋漓處書遍香紅攏頂羅

青門飲

山靜煙沉岸空潮落晴天萬里飛鴻南度冉冉黄花翠翹金鈿還是倚風凝露歲歲青門飲盡龍山高陽儔侶

舊賞成空回首舊遊人在何處　此際誰憐萍泛空自感光陰暗傷羇旅醉裏悲歌夜多驚夢莫問覺來情緒孤館昏還曉厭時聞南樓鐘鼓淚眼臨風腸斷望中歸路

青玉案

田園有計歸須早在家縱貧亦好南來北去何日了光陰送盡可憐青鬢暗逐流年老　寂寥孤館殘燈照鄉思驚時夢初覺落月蒼蒼關河曉一聲雞唱馬嘶人起

又上長安道

好事近

葉蓊合竹籬邊雀噪晚枝時節一陣暗香飄處已難禁愁絶　江南得地故先開不待有飛雪腸斷幾回山路恨無人攀折

醉花陰

九陌寒輕春尚早燈火都門道月下步蓮人薄薄香羅峭窄春衫小　梅粧淺深風蛾梟隨路聽嬉笑無限面

皮兒雖則不同各是一般好

點絳唇

小小朱橋柳邊人過橫塘路細風時度春浪痕痕去

草軟沙平穩襯尋幽步百花處亂紅飛舞回首春城暮

又

雲透斜陽半樓紅影明窻戶暮山無數歸鴈愁邊去

十里平蕪花遠重重樹空凝竚故人何處可惜春將暮

又

沉醉歸來洞房燈火閑相照夜寒猶峭信意和衣倒
春夢雖多好夢長長少紗窻曉鳳幃人悄花外空啼鳥

水龍吟 牡丹

曉天穀雨晴時翠羅護日輕烟裏酴醿徑暖柳花風淡
千葩濃麗三月春光上林池館西都花市看輕盈隱約
何須解語凝情處無窮意 金殿筠籠歲貢最姚黃一
枝嬌貴東王重與花王芍藥須為近侍歌舞筵中滿裝
歸帽斜簪雲鬢有高情闕 燒絳蠟向闌邊

醉

聲聲慢

重簷飛峻麗綵橫空繁華壯觀都城雲母屏開八面人在青冥凭闌瑞烟深處望皇居遥識蓬瀛回環閣道五花閒相壓畫旗亭　歌酒長春不夜金翠照羅綺笑語盈盈陸海人山輻輳萬國歡聲登臨四時總好況花朝月白風清豐年樂歲熙熙且醉太平

蝶戀花

簾捲珍珠深院靜滿地槐陰鏤日如雲影午枕花前情思凝象牀氷簟光相映 過面風情如酒醒沉水瓶寒帶綆來金井澣盡煩襟無睡興闌干六曲還重凭

浣溪沙

柳絮池臺淡淡風碧波花嶼小橋通雲連麗宇倚晴空 芳草綠楊人去住短牆幽徑燕西東攀條弄蕊得從容

點絳唇 水飯

霜落吳江萬畦香稻來場圃夜村舂黍草屋寒燈雨

玉粒長腰沉水溫溫注相留住共抄雲子更聽歌聲度

又

一片南雲定知來作巫山雨歌聲纔度只向風中住

惱亂襄王無限牽情處長天暮又還飛去目斷陽臺路

好事近　魏夫人

雨後曉寒輕花外早鶯啼歇愁聽隔溪殘漏正一聲淒

咽不堪西望去程賖離腸萬回折不似海棠陰下按

涼州時節

阮郎歸

夕陽樓外落花飛晴空碧四垂去帆迴首已天涯孤烟捲翠微 樓上客鬢成絲歸期未有期斷䰟不忍下危梯桐陰月影移

減字木蘭花

西樓明月掩映梨花千樹雪樓上人歸愁聽孤城一鴈飛 玉人何處又見江南春色暮芳信難尋去後桃花

流水深

菩薩蠻

溪山掩映斜陽裏樓臺影動鴛鴦起隔岸兩三家出牆紅杏花 綠楊堤下路早晚谿邊去三見柳綿飛離人猶未歸

定風波

不是無心惜落花落花無意戀春華昨日盈盈枝上笑誰道今朝吹去落誰家 把酒臨風千種恨難問夢回

雲散見無涯妙舞清歌誰是主回顧高城不見夕陽斜

減字木蘭花

落花飛絮杳杳天涯人甚處欲寄相思春盡衡陽雁漸稀　離腸酒眼腸斷淚痕流不斷明月西樓一曲欄干一倍愁

菩薩蠻

東風已綠瀛洲草畫樓簾捲清霜曉清絕北湖梅花開未滿枝　長天音信斷又見南歸雁何處是離愁長安

明月樓

又

紅樓斜倚連溪曲樓前溪水凝寒玉蕩颺木蘭船船中人少年　荷花嬌欲語笑入鴛鴦浦波上暝煙低菱歌月下歸

點絳唇

波上清風畫船明月人歸後漸銷殘酒獨自凭闌久聚散匆匆此恨年年有重回首淡煙踈柳隱隱蕪城漏

武陵春

小院無人簾半捲獨自倚欄時寬盡春來金縷衣憔悴有誰知　玉人近日盡來少應是怨來遲夢裏長安早晚歸和淚立斜暉

南歌子　　李易安

天上星河轉人間簾幙垂涼生枕簟淚痕滋起解羅衣聊問夜何其　翠貼蓮蓬小金銷藕葉稀舊時天氣舊時衣只有情懷不似舊家時

轉調滿庭芳

芳草池塘綠陰庭院晚晴寒透窻紗玉鈎金縷管是客來唦寂寞樽前席上惟愁海角天涯能留否酴醿落盡猶賴有梨花　當年曾勝賞生香薰袖活火分茶極目猶龍驕馬流水輕車不怕風狂雨驟恰才稱煮酒殘花如今也不成懷抱得似舊時那

漁家傲

天接雲濤連曉霧星河欲轉千帆舞髣髴夢魂歸帝所

闘天語慇懃問我歸何處 我報路長嗟日暮學詩謾有驚人句九萬里風鵬正舉風休住蓬舟吹向三山去

如夢令

常記溪亭日暮沉醉不知歸路興盡晚回舟誤入藕花深處爭渡爭渡驚起一灘鷗鷺

又

昨夜雨踈風驟濃睡不消殘酒試問捲簾人却道海棠依舊知否知否應是綠肥紅瘦

多麗詠白菊

小樓寒夜長簾幙低垂恨蕭蕭無情風雨夜來揉損瓊肌也不似貴妃醉臉也不似孫壽愁眉韓令偷香徐娘傅粉莫將比擬米新奇細看取屈平陶令風韻正相宜微風起清芬醖藉不減酴醾 漸秋闌雪清玉瘦向人無限依依似愁凝漢臯解珮似淚灑紈扇題詩朗月清風濃煙暗雨天教憔悴度芳姿縱愛惜不知從此留得幾多時人情好何須更憶澤畔東籬

菩薩蠻

風柔日暮春猶早夾衫乍着心情好睡起覺微寒梅花鬢上殘　故鄉何處是忘了除非醉沉水卧時燒香消酒未消

又

歸鴻聲斷殘雲碧背窻雪落爐烟直燭底鳳釵明釵頭人勝輕　角聲催曉漏霽色回牛斗春意看花難西風留舊寒

浣溪沙

莫許盃深琥珀濃未成沉醉意先融踈鐘已應晚來風

瑞腦香消䰟夢斷碎寒金小髻鬟鬆醒時空對葡花

紅

又

小院閒窻春色深重簾未捲影沉沉倚樓無語理瑤琴

遠岫出山催薄暮細風吹雨弄輕陰梨花欲謝恐難

禁

又

淡蕩春光寒食天玉爐沉水裊殘烟夢迴山枕隱花鈿

海燕未來人鬬草江梅已過柳生綿黃昏踈雨濕秋千

鳳凰臺上憶吹簫

香冷金猊被翻紅浪起來人未梳頭任寶奩閑掩日上簾鈎生怕閑愁暗恨多少事欲說還休今年瘦非干病酒不是悲秋 明朝這回去也千萬遍陽關也即難留

念武陵春晚雲鎖重樓記取樓前緑水應念我終日凝
眸凝眸處從今更數幾片新愁

一剪梅

紅藕香殘玉簟秋輕解羅裳獨上蘭舟雲中誰寄錦書
來鴈字回時月滿樓　花自飄零水自流一種相思兩
處愁此情無計可消除才下眉頭却上心頭

蝶戀花

淚濕羅衣脂粉滿三疊陽關唱到千千遍人道山長山

又斷蕭蕭微雨聞孤館　惜别傷離方寸亂忘了臨行
酒盞深和淺好把音書憑過雁東萊不似蓬萊遠

又

暖雨清風初破凍柳眼梅腮已覺春心動酒意詩情誰
與共淚融殘粉花鈿重　乍試夾衫金縷縫山枕斜欹
枕損釵頭鳳獨抱濃愁無好夢夜闌猶翦燈花弄

鷓鴣天

寒日蕭蕭上瑣窻梧桐應恨夜來霜酒闌更喜團茶苦

夢斷偏宜瑞腦香　秋已盡日猶長仲宣懷遠更淒涼
不如隨分尊前醉莫負東籬菊蘂黄

小重山

春到長門春草青紅梅些子破未開匀碧雲龍碾玉成
塵留晚夢驚破一甌春　花影壓重門踈簾鋪淡月好
黄昏二年三度負東君歸來也着意過今春

怨王孫

湖上風來波浩渺秋已暮紅稀少水光山色與人親説

不盡無窮好　蓮子已成荷葉老清露洗蘋花汀草眠
沙鷗鷺不回頭似也恨人歸早

醉花陰

薄雨濃雲愁永晝瑞腦銷金獸時節又重陽玉枕紗廚
半夜秋初透東籬把酒黄昏後有暗香盈袖莫道不
銷魂簾捲西風人似黄花瘦

好事近

風定落花深簾外擁紅堆雪長記海棠開後正是傷春

時節酒闌歌罷玉樽空青紅暗明滅魂夢不堪幽怨
更一聲啼鴂

臨江仙

庭院深深愁幾許雲窻霧閣常扃柳梢梅萼漸分明春
歸秣陵樹人客建安城　感月吟風多少事如今老去
無成誰憐憔悴更彫零試燈無意思踏雪没心情

樂府雅詞卷下

欽定四庫全書

樂府雅詞拾遺卷上

宋 曾慥 撰

聲聲慢 春

宮梅粉淡岸柳金勻皇州乍慶春迴鳳闕端門棚山彩建蓬萊沉沉洞天向晚寶輿還花滿釣臺輕烟裏算誰將金蓮陸地齊開 觸處笙歌鼎沸香韉趁雕輪隱隱輕雷萬家簾幕千步錦繡相挨銀蟾皓月如晝共乘歡

爭忍慵來踈鐘斷聽行歌猶在禁街

又　梅

欺寒衝暝占早爭春江梅已破南枝向晚陰凝偏宜映月臨池天然瑩肌秀骨笑等閒桃李芳菲勞夢想似玉人羞懶弄粉粧遲　長記行歌聲斷猶堪恨無情塞管頻吹寄遠丁寧折贈隴首相思前村夜來雪裏殢東君須索饒伊爛漫也算百花猶自未知

念奴嬌　御製

雅懷素態向閒中天與風流標格綠鏁總前湘簟展終
日風清人寂玉子聲乾紋楸闕
全似洛浦斜暉寒鴉游鷺亂點沙
汀漬妙算神機須信道國手都無勍敵玳席敳餘芸堂
香暖羸取專良夕桃源歸路爛柯應笑凡客

南歌子

席近渾如遠黛高故放低偏宄能畫鬪頭眉戴項燒香
鋪翠小冠兒　酒伴殘粧在花隨秀鬢垂薄羅小扇寫

新詩解下雙雙羅帶要重題

又

象戲紅牙局琵琶綠錦條小隱方簟困香醪簾外拂簷

宮柳翠陰交烟媚鶯鶯近風微燕燕高更將乳酪伴

櫻桃要共那人一遍一匙抄

又

小小生金屋盈盈向鳳幃斜枝石竹繡羅衣為怕春來

風日捲簾稀 金殿承恩久蘭堂得夢回薰爐空惹御

香歸今夜花前還是日平西

又

閣兒雖不大都無半點俗牕兒根底數竿竹畫展江南山景兩三幅　彝鼎燒異香膽瓶插嫩菊脩然無事淨心目共那人人相對奕棊局

又

風槐動龍舞花深禁漏傳一竿紅日照花塼走馬晨暉門裏快行宣　百五開新火清明尚禁烟魚符不請便

朝天醉裏歸來疑是夢遊僊

虞美人

深深庭院清明過桃杏紅初破柳絲搭在玉欄干簾外蕭蕭風雨做輕寒　晚晴臺榭生明媚欲判花前醉酒闌無事月侵廊獨自行來行去好思量

感皇恩

暖律破寒威春回宫柳晴景初曦上元候禁城烟火移下一天星斗素娥凝碧漢明如畫　繡轂雷轉錦韉飛

驟九踏筌歌按新奏勝遊方凝忽聽曉鐘銀漏兩兩歸去也休回首

傳言玉女

眉黛輕分慣學玉真梳掠艷容可畫那精神怎兒鮫綃映玉鈿帶雙穿纓絡歌音清麗舞腰柔弱宴罷瑤池御風跨皓鶴鳳凰臺上有蕭郎共約一面笑開向月斜褰朱箔東園無限好花羞落

魚游春水

秦樓東風裏燕子還來尋舊壘餘寒微透紅日薄侵羅綺嫩蜀才抽碧玉簪細柳輕窣黃金蘂鶯囀上林魚游春水屈曲闌干遍倚又是一番新桃李佳人應念歸期梅粧淡洗鳳簫聲杳沈孤雁目斷澄波無雙鯉雲山萬重寸心千里

五綵結同心

珠簾垂戶金索懸窻家接浣沙溪路相見桐陰下一鉤月恰在鳳凰棲處素瓊撚就宮腰小花枝裊盈盈嬌步

新粧淺滿腮紅雪綽約片雲欲度　塵寰豈能留住唯只愁化作綵雲飛去蟬翼衫兒薄冰肌瑩輕罩一團香霧彩牋巧綴相思苦脈脈動憐才心緒好作入秦樓活計吹簫伴侶

清平樂

畫堂晨起來報雪花墜高捲簾櫳看佳瑞皓色遠迷庭砌　盛氣光引爐烟素草寒生玉佩應是天上狂醉亂把白雲揉碎

翻香令

金爐猶暖麝煤殘惜香愛把寶釵翻重勻處餘薰在這一般氣味勝從前　背人偷蓋小重山更拈沈水與同然且圖得氤氳久為情深嫌怕斷頭烟

侍香金童

寶臺蒙繡瑞獸高三尺玉殿無風烟自直迤邐傍懐盈綺席苒苒菲菲斷處凝碧　是龍涎鳳髓惱人情意極想韓壽風流應暗識去似綠雲無處覓惟有多情袖中

留得

踏莎行令　　寇平叔

春色將闌鶯聲漸老紅英落盡青梅小畫堂人靜雨濛濛屏山半掩餘香裊　密約沈沈離心杳杳菱花塵滿慵將照倚樓無語欲魂銷長空暗淡連芳草

折新荷引　　趙閑道

雨過迴廊圓荷嫩緑新抽越女輕盈畫橈穩泛蘭舟芳容豔粉紅香透脈脈嬌羞菱歌隱隱漸遙依約回眸

堤上郎心波間粧影遲留不覺歸時淡天碧襯蟾鉤風
蟬噪晚餘霞際幾點沙鷗漁笛不道有人獨倚危樓

蘇幕遮

碧雲天黃葉地秋色連波波上寒烟翠映斜陽天接水
芳草無情更在斜陽外　黯芳寬追芳意夜夜除非好
夢留人睡明月樓高愁獨倚酒入愁腸化作相思淚

瀟湘逢故人慢　王和甫

薰風微動方櫻桃弄色萱草成窠翠帷敞輕試氷簟初

展幾尺湘波踈簾廣廈寄瀟洒一枕南柯引多少夢中歸緒洞庭雨棹烟蓑　驚回處閒晝永但時時燕雛鶯友相過正綠婆娑況庭有幽花池有新荷青梅煑酒幸隨分贏得高歌功名事到頭在歲華忍負清和

洞僊歌

溶溶洩洩似飄揚愁緒不是因風等閒度道無心用甚却又情多行未駐還作高陽暮雨　襄王情尚淺會少離多空自朝朝又暮暮腸斷曉光中一縷歸時銷散後

不知何處試密鑠瓊樓洞房深與遮斷江皐楚臺歸路

點絳唇

秋氣微涼夢回明月穿簾幕井梧蕭然正遶南枝鵲

寶瑟塵生金雁空零落情無託鬢雲慵掠不似君恩薄

倦尋芳慢 中呂宮 王元澤

露晞向晚簾幕風輕小院閒晝翠逕鶯來驚下亂紅鋪

繡倚危墻登高榭海棠經雨燕脂透算韶華又因循過

了清明時候 倦遊燕風光滿目好景良辰誰共攜手

恨被榆錢買斷兩肩長鬬憶高陽人散後落花流水仍依舊這情懷對東風盡成銷瘦

清平樂　劉原甫

小山叢桂最有留人意拂葉攀花無限思雨濕濃香滿袂别來過了秋光翠簾昨夜新霜多少月宮閒地姮娥與借微芳

減字木蘭花　張文潛

箇人風味只有梅花些子似每到開時滿眼春愁只自

知霞裙僊珮姑射神人風露態蜂蝶休忙不與春風

一點香

鷓鴣天

傾蓋相逢汝水濱須知見面過聞名馬頭雖去無千里

酒盞才傾且百分喏得失一微塵莫教氷岸損精神

北扉西禁須公等金榜當年第一人

滿庭芳

裂楮裁筠虛明瀟洒製成方丈屠蘇草團蒲坐中置一

山鑪拙似春林鳩宿易於秋野鵲居誰相對時煩孟婦
石鼎煮寒蔬　嗟吁人生隨分足風雲際會漫付伸舒
且偷取閒時向此躊躇縱欲取黃金建廈繁華夢畢竟
空虛爭如且寒村廚火湯餅一齋盂

又

北苑先春琅函寶韞帝所分落人間綺牕纖手一縷破
雙團雲裏游龍舞鳳香霧靄飛入琱盤華堂靜松風雲
竹金鼎沸潺湲　門闌車馬動浮黃嫩日小袖高鬟便

胸臆輪囷肺腑生寒喚起謫僊醉倒翻湖海傾瀉濤瀾
笙歌散風簾月幕禪榻鬢絲斑

瑶池宴令　　廖明略

飛花成陣春心困寸寸别腸多少愁悶無人問偷啼自
揾殘粧粉　抱瑶琴尋出新韻玉纖趁南風未解幽慍
低雲鬢眉峰斂暈嬌秋恨

霜葉飛　　沈唐

霜林凋晚危樓迥登臨無限秋思望中閒想洞庭波面

闕

洞天歌　　　　　　　　　　呂直夫

征鞍帶月濃露沾襟袖馬上輕衫峭寒透望翠峯深淺憶著眉兒腰支嫋忍看風前細柳　別時頻囑付早寄書來能趁清明到家否這言語便夢裏也在心頭重相見不知伊瘦我瘦縱百卉千花已離披也趁得酴醾壯丹時候

阮郎歸　　余秀老

釣魚船上謝三郎雙鬢已蒼蒼蓑衣未必清貴不肯換金章　汀草畔浦花旁靜鳴榔自來好個漁父家風一

片瀟湘

念奴嬌　趙承之

舊遊何處記金湯形勝蓬瀛佳麗淥水芙蓉元帥與賓僚風流濟濟萬柳庭邊雅歌堂上醉到春風裏十年一夢覺來煙水千里　惆悵送子重遊南樓依舊朱闌誰倚要識當時惟是有明月曾陪珠履量減盃中雪添頭上甚矣吾衰矣酒徒相問為言憔悴如此

虞美人　張敏叔

春風曾見桃花面重見勝初見兩枝獨占小春開應怪劉郎迷路又重來　旁人應笑髯公老獨愛花枝好世間好景不長圓莫放笙歌歸院且樽前

選冠子

嫩水挼藍遥堤映翠半雨半烟橋畔鳴禽弄舌蔓草縈心偏稱謝家池館紅粉牆頭柳摇金縷纖柔舞腰低軟被和風搭在欄干終日繡簾誰捲　春易老細葉舒眉輕花吐絮漸覺緑陰垂暖章臺繫馬灞水維舟追念

鳳城人遠惆悵陽關故國盃酒飄零　惹人腸斷恨青青客舍江頭風笛亂雲空晚

感皇恩　趙循道

騎馬踏紅塵長安重到人面依前似花好舊歡才展又被新愁分了未成雲雨夢巫山曉　千里斷腸關山古道回首高城似天杳滿懷離恨付與落花啼鳥故人何處也青春老

虞美人令　李方叔

玉闌干外清江浦渺渺天涯雨好風如扇雨如簾時見岸花汀草漲痕添　青林枕上關山路臥想乘鸞處碧蕪千里信悠悠惟有霎時涼夢到南州

花心動　劉無言

偏憶江南有塵表丰神世外標格低傍小橋斜出疎籬似向隴頭曾識暗香孤韻氷霜裏初不怕春寒要勒閒桃杏賢賓怎生向前爭得　省共蕭娘手摘玉纖映瓊枝照人一色澹粉暈酥多少工夫到得壽陽宮額再三

留待東君看管都將别花不惜但只恐南樓又三弄笛

八寶粧

門掩黄昏畫堂人寂暮雨乍收殘暑簾捲疎星門户悄隱隱嚴城鐘鼓空街煙暝半開斜月朦朧銀河澄淡風淒楚還是鳳樓人遠桃源無路　惆悵夜久星繁碧雲望斷玉簫聲在何處念誰伴茜裙翠袖共攜手瑶臺歸去對修竹森森院宇曲屏香暖凝沉炷問對酒當歌情懷記得劉郎否

轉調滿庭芳

風急霜濃天低雲淡過來孤雁聲切雁兒且住畧聽自家說你是離羣到此我共那人才相别松江岸黄蘆影裏天更待飛雪　聲聲腸欲斷和我也淚珠點點成血這一江流水流也嗚咽告你高飛遠舉前程事永没磨折須知道飄零聚散終有見時節

緑頭鴨

周格非

隴頭泉未到隴下輕分一聲聲凄涼嗚咽豈堪側耳重

閒細思量那時攜手畫樓高簾幕黄昏月不長圓雲多
輕散天應偏妬有情人自别後小牕幽院無處不消魂
羅衣上殘粧未减猶帶啼痕　自一從瓶沉簪折杳知
欲見無因也渾疑事如春夢又只愁人是朝雲破鏡分
来朱絃斷後不堪獨自對芳罇試與問多才誰更匹配
得文君須知道東陽瘦損不為傷春

西江月　程欽之

階下寶鞍羅帕門前絳臘紗籠留連佳客恨匆匆賴有

新團小鳳　瓊碎黃金碾裏乳浮紫玉甌中歸來襲襲
袖生風齒頰餘甘入夢

又

燈火樓臺欲下笙歌院落將歸氷甆金縷勝瑠璃春筍
捧來纖細　飲罷高陽人散曲終巫峽雲飛千方修合
鬭新奇須帶別離滋味

虞美人　　何文縝

分香怕子揉藍翠欲去慇懃惠重來只約牡丹時莫遣

花枝知後故開遲　別來看盡閒桃李日日闌干倚催
花無計問東風夢作一雙蝴蝶繞芳叢

西江月　贈友人家侍兒名燕燕者　李伯紀

意態何如涎涎輕盈只恐飛飛華堂偏傍主人棲好與
安巢穩戲　攬斷樓中風月且看掌上腰支謫仙詞賦
少陵詩萬語千言總記

漢宮春　李漢老

瀟洒江梅向竹梢踈處橫兩三枝東君也不愛惜雪壓

風歌無情燕子怕輕寒長失花期却是有南來塞雁年年長見開時　清淡小溪如練問玉堂何似茅舍踈籬傷心故人去後冷落新詩微雲淡月對江山分付伊誰空自倚風流未減清香不在人知

洞仙歌

一團嬌軟是將春揉做撩亂隨風到何處自長亭人去後烟草萋迷歸來了裝點離愁無數　飄揚無個事剛被縈牽長是黄昏怕微雨記那回深院靜簾幕低垂花

陰下霎時留住又只恐伊家太輕狂驀地和春帶將歸
去

轉調二郎神　　徐幹目

悶來彈雀又攪破一簾風花影謾試著春衫還思纖手
薰徹金爐燼冷動是愁多如何向但怪得新來多病想
舊日沈腰而今潘鬢不堪臨鏡　重省别來淚滴羅衣
猶凝料為我懨懨日高慵起長記春酲未醒雁翼不來
馬蹄輕駐門掩一庭芳景空佇立盡日闌干倚遍晝長

人靜

宴清都　何籀

細草沿墳軟遲日薄蕙風輕靄微暖春工靳惜桃紅尚小柳芽猶短羅幃繡幕高卷又早是歌慵笑懶憑畫樓那更天遠山遠水遠人遠　堪歎傅粉踈狂竊香俊雅無計拘管青絲絆馬紅巾寄泪甚處迷戀無言淚珠零亂翠袖滴重重漬徧故要知别後思量歸時覷見

水調歌頭

帆落松陵浦枯柳纜瓊艘扶策無人獨步浪壓百花嬌我掛風裳水佩一笑波寒月白餘韻觸驚濤絕景有誰賞霧幕閑三高　不須臾千古事一蕭條鱸魚縱有澤荒甫里夾淫橋更吾名高業茂終歸荒田野草且穩一枝巢舉酒酬空濶烟遠路迢迢

鳳棲梧　　洪覺範

碧瓦籠晴烟霧繞水殿西偏小立聞啼鳥風度女墻吹語笑南枝破臘應開了　道骨不凡江瘴曉春色通靈

醫得花重少曝暵釀寒空杳杳江城畫角催殘照

千秋歲

半身屏外睡覺脣紅退春思亂芳心碎空餘簪髻玉不見流蘇帶試與問今人秀整誰宜對　湘浦曾同會手攀輕羅葢疑是夢今猶在十分春易盡一點情難改多少事却隨恨遠連雲海

青玉案　元夕

凝祥宴罷曲歌吹盡轂走香塵起冠壓花枝馳萬騎馬

行燈閙鳳樓簾捲陸海鼇山對　當年曾看天顏醉御杯舉歡聲沸時節雖同悲樂異海風吹夢嶺猿啼月一枕思歸淚

點絳脣

流水泠泠斷橋横路梅枝亞雪花初下全似江南畫　白璧青錢欲買春無價歸來也風吹平野一點香隨馬

眼兒媚　　宋退翁

霏霏疎影轉征鴻人語暗香中小橋斜渡西亭深院水

月朦朧 人間不是藏春處玉笛曉霜空江南樹樹黄
垂密雨綠漲薰風

青玉案 蔣宣卿

三年枕上吳中路遣黄耳隨君去欲過松江呼小渡莫驚鷗鷺四橋都是老子經行處 輞川圖上看春暮長憶高人右丞句作個歸期天未許春衫猶是小蠻針線曾濕西湖雨

浣溪沙 孫仲翼

弱骨輕肌不耐春一枝江路玉梅新巡簷索笑為何人
素影徘徊波上月碎香搖蕩閒行雲酒醒人散夢僊
村

洞仙歌　劉偉明

淒涼楚弄行客腸曾斷濤卷秋容晴淮上去年時還是
今日孤舟烟浪裏身與江雲共遠　別來單枕夢幾過
滄洲皓月而今為誰滿薄倖苦無端誤却嬋娟有人在
玉樓天半最不慣西風破帆來甚時節收什望中心眼

婆羅門引　楊如晦

帳雲暮捲漏聲不到小簾櫳銀漢夜洗晴空皓月堂軒高掛秋入廣寒宫正金波不動桂影玲瓏　佳人未逢悵此夕與誰同對酒當歌追念霜滿愁紅南樓何處愁人在橫笛一聲中凝望眼立盡西風

聲聲慢木犀　李似之

龍涎燒就沈水薰成分明亂屑瓊瑰一朵才開人家十里先知此花大即不大有許多瀟洒清奇較量盡諸勝

如茉莉趂得酴醾　更被秋先撥送微放些月照著陣風吹惱殺多情猛判沈醉酬伊朝朝暮暮守定儘忙時也不相離睡夢裏膽瓶兒枕畔數枝

菩薩蠻

江城烽火連三月不堪對酒江亭别休作斷腸聲老來無淚傾　風高帆影疾目送舟痕碧錦字幾時來熏風無雁回

相思令　林和靖

吳山青越山青兩岸青山相對迎爭忍有離情　君淚盈妾淚盈羅帶同心結未成江頭潮已平

南歌子　仲殊

十里青山遠潮平路帶沙數聲啼鳥怨年華又是淒涼時候在天涯　白露收殘暑清風襯晚霞綠楊堤畔鬧荷花記得年時沽酒那人家

減字木蘭花　或云仲殊作

誰將妙筆寫就素練三百匹天下應無此是錢塘江上

圖一般奇絶雲淡天低秋夜月費盡丹青只這些兒畫不成

小重山　祖可

誰向江頭遺恨濃碧波流不斷楚山重柳烟和雨隔疎鐘黄昏後羅幕更朦朧桃李小園空阿誰猶笑語拾殘紅珠簾捲盡落花風人不見春在緑蕪中

燭影揺紅　題安陸淳雲樓　廖世美

靄靄春空畫樓森聳凌雲渚紫薇登覽最關情絶妙誇

能賦惆悵相思遲暮記當日朱闌共語塞鴻難問岸柳何窮别愁紛絮　催促年光舊來流水知何處斷腸何必更殘陽極目傷平楚晚霽波聲帶雨悄無人舟横野渡數峯江上芳草天涯參差烟樹

好事近

落日水鎔金天淡暮烟凝碧樓上誰家紅袖靠闌干無力　鴛鴦相對浴紅衣短棹弄長笛驚起一雙飛去聽波聲拍拍

踏青遊

金勒狨鞍西城嫩寒春曉路漸入垂楊芳草過平隄穿綠逕幾聲啼鳥是處裏誰家杏花臨水依約靚粧窺照極目高原東風露桃烟島望十里紅圍綠透更相將乘酒興幽情多少待回晚從頭記將歸去說與鳳樓人道

小重山　汪彥章

月下潮生紅蓼汀殘霞都斂盡四山青柳梢風急墮流

螢隨波去點點亂寒星　别語記丁寧如今能間隔幾
長亭夜來秋氣入銀屏梧桐雨還恨不同聽

點絳唇

清月娟娟夜寒江靜山銜斗起來搔首梅影橫牕瘦
好箇霜天閒著傳杯手君知否曉鴉啼後歸夢濃如酒

南歌子　送淮漕向伯恭　楊時可

怨草迷南浦愁花傍短亭有情歌酒莫催行看取無情
花草也關情　舊日臨岐曲而今忍淚聽淮山何在暮

雲凝待倩春風吹夢過江城

菩薩蠻　李元卓

一枝絳臘香梅軟宜春小勝玲瓏剪拂曉上瑶釵春從鬢底來　菱花頻自照粉面驚春早淡拂遠山眉為誰今日宜

清平樂 向伯恭韻木犀　韓叔夏

秋光如水釀作鵝黄蟻散入千巖佳樹裏唯許修門人醉　翠鈿重工風鬟不禁月冷霜寒步障深沈歸去依

然愁滿江山

西江月

廣師席上　顔持約

草草書傳錦字，厭厭夢繞梅花。海山無計住星槎。腸斷芭蕉影下。缺月舊時庭院，飛雲到處人家。而今贏得鬢先華。說著多情已怕。

南鄉子

吳大年

江上雪初消。暖日晴烟弄柳條。認得裙腰芳草路，寬銷。曾折梅花過斷橋。潘鬢為誰彫。長恨金閨閉阿嬌。遥

想晚粧呵手罷天嬈更傍朱唇暖玉簫

減字木蘭花

薔薇葉暗滿架濃陰風不亂午酒才醒歷歷黄鸝枕上聽　此情難遣不比紅蕉心易展要識離愁只似楊花不自由

浣溪沙　酴醿

夢入瑶臺千步芳湘妃相向玉為裝同心盤䇶帶翠羅長　濃艷只宜供枕席醉寬長是傍壺觴絳紗囊薄為誰

香

又

白玉樓中白雪歌更將白紵襯春羅較紅香裏最公麽桃葉桃根隨處有江南江北見來多風前月底奈愁何

燭影摇紅 上晁共道

樓雪初消麗譙吹罷單于晚使君千炬起斑春歌吹香風噀千里珠簾盡捲正人在蓬壺閬苑賣薪買酒立馬

傳觴昇平重見　誰識鰲頭去年曾侍傳柑宴至今衣袖帶天香行處亂氤氲滿已是春宵苦短且莫遣歡遊意懶細聽堤路壁月光中玉簫聲遠

臨江僊　聞郡守移傳鄉林

竹裏行厨草草花邊繫馬怱怱使君移傳意何窮兒童隨騎火猿鶴避歌鐘　梅雪自欺舞態燭花先放春紅酒醒人散夜堂空慇懃松上月獨照老仙翁

好事近　蔣元龍

葉暗乳鴉啼風定老紅猶落蝴蝶不隨春去入薰風池閣休歌金縷勸金巵酒病煞如昨簾捲日長人靜任楊花飄泊

阮郎歸

山池芳草綠初勻柳寒眉尚顰東風吹雨細於塵一庭花臉皺鶯共蝶怨還嗔眼前無好春這番天氣愁殺人人愁旋旋新

烏夜啼

小桃落盡殘紅恨東風又是一番春事不從容　翠屏掩芳信斷轉愁濃可惜日長閒暇小簾櫳

殢人嬌　　張彥實

深院海棠誰倩春工染就映牕户爛如錦繡東君何意便風狂雨驟堪恨處一枝未曾到手　今日乍晴忽忽命酒猶及見臙脂半透殘紅幾點明朝知在否問何似去年看花時候

又　　張方仲

多少胭脂勻成點就千枝亂攢紅堆繡花無長好更光陰去驟對景憶良朋故應招手　曾説年時花閗把酒任淋浪春衫濕透文園今病問遠能來否却道有醽醁牡丹時候

西江月　贈人博山　范智聞

縈素全如玉琢清音不假金粧海沈時許試芬芳髣髴雲飛儓掌　煙縷不愁淒斷寶釵還與商量佳人特特為翻香圖得氤氳重上

浣溪沙

春院無人花自香飛來蜂蝶意何狂玉鈎簾捲日偏長
笑又不成愁未是曲屏閒倚繡鴛鴦歸時應供晚來
粧

點絳脣　孫肖之

烟洗風梳司花先放江梅吐竹村沙路脈脈揺寒雨
醉魄冷魂無著清香處愁如縷繫春不住又折氷枝去

長相思令

雲一髻玉一梭淡淡衫兒薄薄羅輕顰雙黛螺　秋風多雨相和牕外芭蕉三兩窠夜長人奈何

透碧霄　　查荎

艤蘭舟十分端是載離愁練波送遠屏山遮斷此去難留相從爭奈心期久要屢更霜秋歎人生杳似浮萍又翻成輕別都將深恨付與東流　想斜陽影裏寒烟明處雙槳來悠悠愛渚梅幽香動須採掇倩纖柔艷歌粲發誰傳餘韻來說儇遊念故人留此遐州但春風老後

秋月圓時獨倚西樓

卜算子 李敦詩

南北利名人常恨家居少每到春時聽子規無不傷懷抱 好去向長安細與公卿道待得功成名遂時不似歸來早

憶真妃 康仲伯

忽忽一望闗河聽離歌艇子急催雙槳下清波 淋浪醉闌干淚奈情何明日畫橋西畔暮雲多

南鄉子

李郭共僊舟準擬藕臺爛漫遊風雪為誰留住也滄洲一尺銀沙未肯收 無語只闌愁強殢金卮不計籌想得人人梳洗懶粧樓低窣簾兒不上鈎

鳳棲梧

姑射僊人遊汗漫白鳳翩翩銀海光凌亂龜手兒童貪戲玩風簷更折梅梢看 漠漠銀沙平晚岸笑擁寒蓑聊作漁翁伴橫玉愁雲吹不斷歸舟又載蘋花滿

歸謡

愁冉冉目送書空鴻數點落霞風剪江分染 勝處屏雲猶未掩羞娥斂江潮怕上春風面

卜算子

曾約再來時花暗春風樹今日人來花未開春未知人處 坐客有踈狂綵筆題新語渾為玉人頹玉山忘了陽關路

又

烟鬟綰層巔雲葉生寒樹斜日行人窈窕村愁陣縱橫處　細細寫蠻牋道盡相思語會倩春風展柳眉回馬章臺路

又

春淺借和風吹綠亭皐樹依約屏開出紫雲入格風流處　便做鐵心腸也為梅花語欲共東君更挽留巧棧烟霞路

好事近

瀟灑小樓東斜亞一枝梅雪若在玉溪僊館更風流奇
絶花神應為護芳心付與何人折行客幾回搔首認
暗香浮月

昭君怨 程觀過

試問愁來何處門外山無重數芳草不知人翠連雲
欲看不忍看心事只堪腸斷腸斷宿孤村雨昏昏

滿江紅 梅

春欲來時長是與梅花有約又還是竹林深處一枝開

却對酒漸驚身老大看花應念人離索但十分湛醉屬
東君長如昨　荒草渡孤舟泊山歛黛天垂幕黯銷魂
無奈暮雲殘角便好折來和雪戴莫教酒醒隨風落待
慇懃留取寄相思誰堪托

謁金門

江上路依約數家烟樹一枕歸心村店暮更亂山深處
夢過江南芳草渡曉色又催人去愁似游絲千萬縷
倩東風約住

樂府雅詞拾遺卷上

欽定四庫全書

樂府雅詞拾遺卷下

宋　曾慥　撰

寶鼎現　曼洞作

夕陽西下暮靄紅溢香風羅綺乘夜景華燈爭放濃焰燒空連錦砌觀皓月照嚴城如畫花影寒籠絳蘂漸隱芙蕖萬頃迤邐齊開秋水　太守無限行歌意擁旌幢光動金翠傾萬井歌臺舞榭瞻望車輪駢鼓吹控寶

馬耀貔貅千騎銀臘交光數里似爛簇流星萬點引入
蓬壺影裏來伴燕閤多才偎艷粉瑤簪珠履恐看看
丹詔歸奉宸遊燕侍便正好占春宵醉莫放笙歌妓任
畫角吹徹寒梅月落西樓十二

杜韋娘

華堂深院霜籠月采生寒暈度翠幄風觸梅香噴漸歲
晚春光將近惹離恨萬種多情易感歡難聚少愁成陣
擁紅爐風枕慵欹銀燈挑盡當此際爭忍前期後約

度歲無憑準對好景空積相思恨但自覺厭厭方寸擬
蠻牋象管丹青好手寫出寄與伊教信儘千工萬巧惟
有心期難問

摸魚兒

被誰家數聲絃管驚回好夢難省起來無語跡雨過芳
草嫩苔侵徑春晝永遲日暮碧治浪侵江樓影卷簾人
靜被風觸一葉兩葉杏花零亂對殘景　依前是撩撥
春心堪恨檀郎言約無定不知何處貪歡笑恣縱酒迷

歌遲珠泪迸自别後每憶翠黛憑誰整芳年相稱又到
得今來却成病了羞懶對鸞鏡

天香

霜瓦鴛鴦風簾翡翠今年早是寒少矮釘明牕側開朱
户斷莫亂教人到重陰未解雲共雪商量不了青帳垂
氊要密紅爐收圍宜小　呵梅弄粧試巧繡羅衣瑞雲
芝草伴我語時同語笑時同笑已被金樽勸倒又唱箇
新詞故相惱盡道窮冬元來恁好

滿庭芳

五斗相逢千鍾一飲古今樂事無過香生銀甕浮蟻浴春波瀲灧光凝醆面輕風皺淺碧宮羅乘歡處傾罍痛飲珠貫引清歌 云何君不飲良辰美景聚少離多爭忍放春風容易蹉跎但願一樽常共花陰下急景如梭須承醉雕鞍歸去爭看醉顔酡

瀟湘靜

畫簾微捲香風透正明月乍圓時候金盤露冷玉爐篆

消漸紅鱗生酒嬌唱倩繁絃瓊枝碎輕迴雲袖鳳臺歌
短銅壺漏永人欲醉夜如晝　因念流年迅景被浮名
暗辜歡偶人生大抵離多會少更相將白首何似猛尋
芳都莫問積金過斗歌闌宴闋雲隐鳳枕釵横麝透

十月桃

東籬菊盡徧園林敗葉滿地寒菱露井平明破香籠粉
初開佳人共喜芳意呵手剪窗揷鸞釵無言有艷不避
繁霜變作春媒　問武陵溪工誰裁分付與南園舞榭

歌臺恰似凝酥襯玉點綴裝裁東君自是為主先暖信
律管飛灰從今雪裏第一番花休話江梅

漢宮春

江月初圓正新春夜永燈市行樂芙蕖萬朵向晚為誰
開却層樓畫閣盡捲上東風簾幕羅綺擁歡聲和氣驚
破柳梢梅蕚 綽約暗塵浮動正魚龍曼衍戲車交作
高牙影裏緩控玉羈金絡鉛華間錯更一部笙歌圍著
香散處厭厭醉聽南樓畫角

又

梅蕚知春見南枝向暖一朶初芳氷清玉麗自然賦得
天香烟庭水榭更無花爭染春光休更說桃夭杏冶年
年蝶閙蜂忙　立馬佇凝情久念美人自别鱗羽茫茫
臨岐記伊尚帶宿酒殘粧雲踈雨濶怎知人千里思量
除是託多情驛使殷勤折寄僊鄉

又

玉减香銷被嬋娟誤我臨鏡粧慵無聊强開强解蹙破

眉峯憑高望遠但斷腸殘月初鐘須信道承恩在貌如何教妾為容　風暖鳥聲和碎更日高院靜花影重重愁來有待只防殢酒愁濃長門怨感恨無金買賦臨卭翻動念年年女伴越溪共採芙蓉

燭影搖紅

丹臉輕勻黛眉巧畫宮粧淺風流天賦與精神全在嬌波轉早是縈心可慣更那堪頻頻顧盼幾回席上見了還休爭如不見　燭影搖紅夜闌飲散春宵短當時誰

解唱陽關離恨天涯遠無奈雲收雨散憑闌干東風淚眼海棠開後鶯燕子來時黃昏庭院

風流子

木葉庭臯下重陽近又是擣衣秋奈愁入瘦腸老侵潘鬢謾簪黃菊花也應羞楚天晚白蘋烟盡處紅蓼水邊頭芳草有情夕陽無語雁橫南浦人倚西樓　玉容知安否香牋共錦字兩處悠悠空恨碧雲離合青鳥沉浮向風前懊惱芳心一點寸眉兩葉禁甚閒愁情到不堪

言處分付東流

又

淑景皇州滿和風漸催促柳花飛過清明驟雨五侯臺榭青烟散入新火開時繡簾外傍人飛燕子映葉語黃鸝鞦韆畫永綺羅人散花陰笑隔紅粉牆低 青門多行樂尋芳處何計強逐輕肥空對舊遊滿目誰共開眉遇有時繫馬垂楊影下佇立風前惆悵佳期回望故園桃李應待人歸

夏日燕黌堂

日初長正園林換葉瓜李飄香簾外雨過送一霎微涼萍蕪逕曲凝珠顆襯汀沙細簇蜂房被晚風輕颭圓荷翻水潑覺鴛鴦　此景最難忘稱芳樽泛蟻筠簟鋪湘蘭舟棹穩倚何處垂楊豈能文字成狂飲更紅裙閒也何妨任醉歸明月蝦鬚簾篩幾線餘霜

漁家傲

輕拍紅牙留客住韓家石鼎聯新句珍重龍團并鳳髓

君王與春風吹破黄金縷　往事不須憑陸羽且看盞面濃如乳若是蓬萊鰲穩負知何處玉川一枕清風去

醉春風

陌上清明近行人難借問風流何處不來歸悶悶悶回鴈峯前戲魚波上試尋芳信　夜久蘭膏燼春睡何曾穩枕邊珠淚幾時乾恨恨恨惟有牎前過來明月照人方寸

卓牌兒

當年早梅芳曾邂逅飛瓊侶肌雲瑩玉顔開嫩桃腰支
輕裊未勝金縷佯羞整雲鬟頻向人嬌波寄語湘佩笑
解韓香暗傳幽歡後期難許　夢魂頻阻似一枕高唐
雲雨蕙心蘭態知何計重遇試問春蠶絲多少未抵離
愁半縷凝竚望鳳樓何處

喜遷鶯

梅雨初歇正海榴絳蘂爭開佳節角黍包金香蒲切玉
處處玳筵羅列鬭巧盡輸年少玉腕彩絲雙結艤綵舫

見龍舟兩兩波心齊發 奇絶難畫處激起浪花飛作
湖間雪畫鼓轟雷紅旗掣電奪得錦標方徹向晚水天
日暮猶見珠簾高揭歸棹滿在荷花十里一鉤新月

南鄉子

曉日壓重簷斗帳猶寒起未慳天氣困人梳洗倦眉尖
淡畫春山不喜添 閒把繡絲撏紝得金針又怕拈陌
上行人歸也未懨懨滿院楊花不捲簾

又 詠雙荔支

深結化工知賜與衣裳盡是緋曾向玉盤深處光隈隨
兩個心腸一片皃從小便相依酒伴歌筵不暫離只
恐被人分擘破東西怎得團圓似舊時

望遠行

當時雲雨夢不負楚王期翠峯中高樓十二掩瑶扉儘
人間歡會只有兩心自知漸玉困花柔香汗揮　歌聲
翻别怨雲馭欲回時這無情紅日何似且休西但涓涓
朱闕　仙郎羽衣怎忍見雙鴛相背飛

歸田樂

水繞溪橋渌泛蘋汀步迷花曲衣巾散餘馥種竹更洗竹詠竹題竹日暮無人伴幽獨　光陰雙轉轂可惜許等閒愁萬斛世間種種只是榮和辱念足又願足意足心足忘了眉頭怎生感

臨江僊

促坐重燃絳蠟香泉細瀉銀瓶一甌月露照人明清真無俗韻久淡似交情　正味能消酒力餘甘解助茶清

瓊漿一飲覺身輕藍橋知不遠歸臥對雲英

行香子

天與秋光轉轉情傷探金英知近重陽薄衣初減綠蟻初嘗漸一番風一番雨一番涼　黃昏院落悽悽惶惶酒醒時往事愁腸那堪永夜明月空牀聞砧聲擣蛩聲細漏聲長

西江月 回紋

雨過輕風弄柳湖東映日春烟晴蕪平水遠連天隱隱

飛翻舞燕

訴衷情

芙蓉金菊鬬芬菲天氣近重陽遠村秋色如畫細葉間踈篁 流水澹碧天長路茫茫憑高目斷鴻雁來時無限淒涼

又

碧天明月晃金波清淺滯星河深深院宇人靜獨自問姮娥 圓夜少缺時多事因何嫦娥莫是也有別離一

似人麽

雨中花

白石清泉聲陸續瀟洒碧蘆翠竹千步回廊重重簾幕

小枕欹寒玉　閒拂霜綃閒畫軸一片瀟湘秋緑正玉

漏穿花銀河垂地月上闌干曲

繞池遊

漸春工巧玉漏花深寒浅韶景變融情蕙風暖都門十

二三五銀蟾光滿瑞烟葱蒨禁城閬苑　棚山雉扇絳

蠟交輝星漢神僊籍梨園奏絃管都人遊玩萬井山呼
歡抃歲歲天仗顧瞻鳳輦

好事近

小院看酴醾正是盛開時節莫惜大家沈醉有春醅初
撥花前月下細看來無物比清絕若問此花何似
似一堆香雪

又

把酒對江梅花小未禁風力何計不教零落為青春留

得故人莫問在天涯尊前苦相憶好把素香收取寄

江南消息

又

初上舞裀時把爭看戴羅弓窄恰似晚霞零瓏襯玉鉤

新月　折旋歌態小腰身分明是回雪生怕因風飛去

放真珠簾隔

清平樂

春光欲暮寂寞閒庭户粉蝶雙雙穿檻舞簾外晚天疎

雨残粧獨倚閨幃玉爐烟斷香微正是魂銷時節東
風滿樹花飛

青門引

乍暖還輕冷風雨晚来方定庭軒寂寞近清明残花中
酒又是中年病　樓頭畫角風吹醒入夜重門靜那堪
更被明月隔墻送過鞦韆影

阮郎歸

春風吹雨繞残枝落花無可飛小池寒淥欲生漪雨晴

還日西　簾半捲燕雙歸諱愁無奈眉翻身整頓著殘

碁沈吟應悔遲

點絳唇

公子歸来畫堂深院叢羅綺緑盃浮蟻風皺紅鱗起

走馬斜陽誤入桃源裏珠簾底淡粧斜倚一寸秋江水

又

氷雪肌膚靚粧喜作梅花面寄情高遠不與凡塵遠

玉立峯前閑把經珠轉秋風便雲收霧卷水月光中見

海棠春

曉鶯牕外啼春曉睡未足把人驚覺翠被曉寒輕寶篆沈烟裊宿醒未解雙蛾報道別院笙歌宴早試問海棠花昨夜開多少

眼兒媚

樓上黄昏杏花寒新月小闌干一雙燕子兩行歸雁畫角聲殘綺牕人在東風裏洒淚對春閒也應似舊盈盈秋水淡淡春山

宴桃源

長安飛舞千門裏變淑景摧芳樹惟有蘭衰暮叢菊殘

餘蘂同念花滿堂時自美人一去鎮掩香閨經歲　又

覩珠露碎點蒼苔敗梧飄砌漫贏得相思淚眼東君早

作歸來計便莫惜丹青手重與芳菲萬紅千翠

蝶戀花　司馬槱

家在錢塘江上住花落花開不管流年度燕子啣將春

色去紗牕幾陣黃梅雨　斜插犀梳雲半吐檀板朱唇

唱徹黄金縷望斷行雲無覓處夢回明月生春浦

永遇樂

功名閒事利禄休問莫繫心上幸有衣食隨縁過得著甚乾勞攘風前月下三盃兩盞撞著即莫與放且與個山莊道友退閒故人來往　新來做得一個寛袖布衫著落日霞消一縷素月稜稜微吐何處夜歸人嘔嘎幾聲柔櫓歸去歸去家在烟波深處

燕歸梁

帝城五更宴遊歇殘燈外看殘月都人猶在醉鄉中聽
更漏初徹　行樂已成閒話說如春夢覺時節大家重
約探春行問甚花先發

探春令

簾旌微動峭寒天氣龍池氷泮杏花笑吐香猶淺又還
是春將半　清歌妙舞從頭按等芳時開宴記去年對
著東風曾許不負鶯花願

祝英臺

海棠開花影下憶得共游戲恰似雙鸞同步彩雲裏髙唐夢斷忽忽歸去一枕乍驚回濃睡甚情味　人去花亦彫零穠芳伴憔悴點點飛紅去是去時淚可堪冷落黄昏瀟瀟微雨斷魂處朱闌獨倚

鷓鴣天

塞雁初來秋影寒霜林風過葉聲乾山前落帽尋常事我對西風獨正冠　蘭可佩菊堪飡人情難免是悲歡但將酩酊酬佳節休把茱萸仔細看

又

名隷初逢兩妙年瑶林玉樹倚風前踈梅影裏春同醉紅芰香中月一船　長恨恨短因縁空餘蝴蝶夢相連誰知瘴雨蠻烟地重上襄王玳瑁筵

又

只有梅花似玉容雪牕月户幾曾同見來怨眼明秋水欲去愁眉淡遠峯　山萬疊水千重一雙蝴蝶夢能通都將淚作黄梅雨盡把情為柳絮風

又

小院深明别有天花能笑語柳能眠雪肌得酒於中煖蓮步凌波分外研　釵燕重髻荷偏兩山斜疊翠連娟朝雲無限含春態暮雨情知更可憐

憶真妃

林花謝了春紅太忽忽無奈朝來寒雨晚來風　胭脂淚相留醉幾時到重重人生長恨水長東

夜遊宮

是處追尋侶燈光散九衢紅霧人在星河繁閙處暗相逢惹天香飄滿路　遊困先歸去柰怨别相思情緒閙傍小桃花獨步月明寒燃宜男無一語

楊柳枝

蔌蔌花飛一雨殘乍衣單屏風數幅畫江山水雲閒别易會難無計那淚潛潛夕陽樓上憑闌干望長安

灘破浣溪沙

相恨相思一個人柳眉桃臉自然春别離情思寂寞向

誰論　映地殘霞紅照水斷䰟芳草碧連雲水邊樓上
回首倚黄昏

浣溪沙

姑射肌膚雪一團摻摻玉手弄氷紈著人情思幾多般
水上月如天様遠眼前花似鏡中看見時容易近時
難

又

壁月光中玉漏清小梅疎影水邊明似梅人醉月西傾

梅欲黄時朝暮雨月重圓處短長亭舊愁新恨若為
情

一剪梅

恨入椒盤暖未拈春葱微蘸誰是纖纖别来愁夜不勝
長明日從教一線添　夜久寒深睡未歡舊愁新恨占
斷眉尖一鉤斜月却知人直到天明不下疎簾

卜算子

垂螺近額時只怕鶯聲老盡日貪花鬭草忙不信有閒

煩惱 鳳髻已勝釵恨別王孫早若把芳心說與伊道
綠遍池塘草

又

臨鏡笑春風不著鉛華汙疑是西湖處士家疎影橫斜
處 江淨竹娟娟綠繞青無數獨許幽人仔細看絕勝
墻東路

憶王孫

楊柳風前旗鼓鬧正陌上閒花芳草忍將愁眼覷芳菲

人未老春先老　長安比日知多少日易見長安難到無情流水不西流漸迤邐僊舟小

減字木蘭花

千山萬水望極不知何處是小院迴廊夢去相尋未覺長　絶憐清瘦雪裏梅梢春未透常記分攜雨後梨花曉尚啼

又

誰知瑩徹惟有碧天雲外月一見風流洗盡胷中萬斛

愁。賸燒密炬，只恐夜深花睡去。想得橫陳，全是巫山一段雲。

鶴冲天

梅雨霽，暑風和，高柳亂蟬多。小闌庭檻遶池波，魚戲動新荷。　薄紗㡡，輕羽扇，枕穩簟涼深院。此時情緒此時天，無事小神僊。

又

白角簟，碧紗㡡，微雨乍晴初。謝家池館太情虛，香散嫩

芙蕖日流金風解慍一弄素琴歌韻慢摇紈扇百花前吟待晚涼天

生查子

春心如杜鵑日夜思歸切啼盡一川花愁落千山月遥憐白玉人翠被前香歇可慣獨眠寒減動豐肌雪

又

春山和恨長秋水無言度脈脈復盈盈幾點梨花雨深深一段愁寂寂無行路推去又還來没箇遮攔處

玉樓春

雲牕霧閤春風透蝶遶蜂圍花氣漏惱人風味唯如梅倚醉腰支全是柳 細傳一曲情偏厚淡掃兩山緑底皺歸時好月已沈空只有真香猶滿袖

南歌子

夕露霑芳草斜陽帶遠村幾聲殘角起譙門撩亂棲鴉飛舞閙黄昏 天共高城遠香餘繡被温客程常事可銷魂作向心頭横著箇人人

又

樓迥迷雲日溪深漲晚沙年來憔悴費鉛華樓上一天春思浩無涯　羅帶寬腰素真珠溜臉霞海棠開盡柳飛花薄倖只知遊蕩不思家

又

玉殿分時葉金盤弄賜氷晚來階下按歌聲恰好一方明月可中庭　露下天如水風來夜更清偏他不肯大家行樣下扇兒拍手引流螢

樂府雅詞拾遺卷下

總校官舉人臣章維桓
校對官中書臣郭晉
謄錄監生臣祝穉良

圖書在版編目（CIP）數據

樂府雅詞 / (宋) 曾慥編. —北京：中國書店，2018.2
ISBN 978-7-5149-1912-7

Ⅰ. ①樂… Ⅱ. ①曾… Ⅲ. ①宋詞－選集 Ⅳ. ①I222.844

中國版本圖書館CIP數據核字(2017)第320643號

四庫全書·詞曲類

樂府雅詞

作者 宋·曾慥編
出版發行 中國書店
地址 北京市西城區琉璃廠東街一一五號
郵編 一〇〇〇五〇
印刷 山東汶上新華印刷有限公司
開本 730毫米×1130毫米 1/16
印張 34
版次 二〇一八年二月第一版第一次印刷
書號 ISBN 978-7-5149-1912-7
定價 一一八元